물꼬지기

문화체육관광부　경상북도 GYEONGSANGBUK-DO　pohang　phcs

"이 책은 2021 문화도시 조성사업의 일환으로 문화체육관광부, 경상북도,
포항시, 포항문화재단의 지원을 받아 발간되었습니다."

김대식 수필집
물꼬지기

인쇄 | 2021년 11월 10일
발행 | 2021년 11월 15일

글쓴이 | 김대식
펴낸이 | 장호병
펴낸곳 | 북랜드
　　　　06252 서울 강남구 강남대로 320, 황화빌딩 1108호
　　　　41965 대구시 중구 명륜로12길 64(남산동)
　　　　대표전화 (02)732-4574, (053)252-9114
　　　　팩시밀리 (02)734-4574, (053)252-9334
　　　　등록일 | 1999년 11월 11일
　　　　등록번호 | 제13-615호
　　　　홈페이지 | www.bookland.co.kr
　　　　이-메일 | bookland@hanmail.net
책임편집 | 김인옥
교　　열 | 전은경 배성숙

ISBN 979-11-92096-05-6 03810
ISBN 979-11-92096-06-3 05810 (E-book)

값 13,000원

물꼬지기

김대식 수필집

북랜드

가장 가깝고 가기 쉬운 길, 손길

길을 하나 내고 싶었다. 기왕에 놓는 길이라면 탄탄대로였으면 좋았다. 하나 번듯한 길 하나 놓지 못했다.

손으로나마 풀어보려 했으나 쉽게 풀리지 않았다. 점점 더 굳어질 뿐이었다.

무엇하나 또렷한 자국을 내지 못했던 지난날들, 그래도 필을 잡고 있는 동안만은 성취감에 젖기도 했다. 무엇이 되지는 못했지만. 나를 추스르는 시간은 될 수 있었으므로.

꾸려놓고 보니 미숙하고 모자라기만 하다. 내가 보는데도 그런데 글줄이나 꿰는 이들한테는 오죽할까. 하지만 어쩌랴. 한 톨 한 줌이 모두가 내 살이고 피인 것을. 그러니 나라도 거둘밖에..

손길, 가장 가깝고 가기 쉬운 길 아닌가. 그런데도 가족이 아프고 힘들 때, 쓸어 줄 수 있는 오롯한 손길이 되질 못했다. 그 길이라도 제대로 되었으면 좋았을 텐데… 아쉬움이 남는다.

그래도 기꺼이 독자가 되어줄 식구들에게, 글눈의 채찍을 들어주신 구림 이근식 선생님 영전에 이 책을 바친다.

신축년 가을에

| 차례 |

머리말-가장 가깝고 가기 쉬운 길, 손길

1_비 오는 날의 이방인

짧은 만남, 깊은 인연-2

3-이 가을에

1부

비 오는 날의 이방인

감자탕을 먹으며

　　시장기가 돌아 무엇으로 해결할까 하다가 감자탕 집으로 들어섰다. 상호가 '속풀이 감자탕'집이었다. 전일 술을 마신 것도 아니고 속이 꼬인 것이 아닌데 웬 속풀이? 그래도 왠지 상호가 마음에 들어 그 집을 택했다.

　자리를 같이한 고3인 아이는 초조해 있다. 대입 수시원서를 내고 면접을 목전에 두고 하는 점심이라니 그럴밖에.

　아이들이 그런저런 어려운 과정을 거치지 않고 학교도 가고 취업도 하고 그럴 수는 없는 걸까. 사람이 사는 것은 그런 경쟁을 거치면서 성장한다는 것을 잘 알면서도 부질없는 생각을 해본다. 그러고 보니 속풀이 감자탕을 잘 고른 것 같다. 겸으로 아이의 맺혔던 속을 풀 수 있으면 더욱 좋을 것이므로.

감자탕에는 돼지 등뼈가 주재료다. 감자는 몇 알뿐이지만 그래도 그렇게 불리는 걸 보면 감자가 더 귀한 재료여서인가?(돼지의 감자뼈 때문이라는 설도 있다.) 세상엔 그런 것이 많다. 주객이 전도된 것 말이다. 밥에 콩이 몇 알 들어있어도 콩밥이고 홍삼 물이 약간만 들어있어도 홍삼드링크이다. 그런데도 밉지가 않다. 그것은 주主가 부副에 대한 배려가 있기 때문일 것이다.

아이가 먹다 제쳐놓은 뼈다귀에 살점이 속속들이 박혀있다. 나는 그것을 슬며시 가져다 마디마디 분해를 하여 살점을 골라 먹는다. 경제적으로 어려움을 겪어보지 않은 요즘 아이들은 잘 모른다. 뼈 사이에 있는 고기가 얼마나 맛이 있는지를, 예전에는 그런 뼛속에 박혀있는 고깃점이나마 대하기가 얼마나 어려웠었나를.

내가 그렇게 하여도 아이는 여전히 겉에 있는 살점만 떼어 먹고는 또 밀쳐낸다. 어차피 많이 먹어 득 될 것 없고 다 먹지 않아도 남는다는 계산이 깔린 때문일까.

얼마 전 아들아이와 인근 오어사吾魚寺에 다녀왔다. 차를 몰고 절 주차장까지 올라가지 않고 중간에 대었다. 오어사는 일반 절과 달리 주차장과 경내와는 담 하나 차이로 붙어 있는 절이다. 왜 차를 끝까지 몰고 가지 않느냐고 아들이 묻는다. 절에 오는데 그래도 몇 발짝을 걷는 수고는 해야 절에 대한 예의가 아니겠느냐고 대답했다. 아이는 "불자도 아니면서요." 한다. 그건 종교의 개념과는 다르다고 했다.

오랜만에 보는 절은 많이 변해 있었다. 없던 종각과 유물전시관도 보였다. 호숫가에 세워진 절 주변은 가을 색으로 곱게 물들고 있었다.

대웅전엔 한 육십쯤 되어 보이는 부인이 부처님께 공손히 절을 드리고 있었다. 옆에서 팔십이 넘어 보이는 노파가 일어서더니 앞으로 나가신다. 일어서는 행동이 무척이나 힘들어 보였다. 절을 드리기가 버거울 정도로 노쇠해 있었다. 저만치서 절을 드리던 부인이 서둘러 노파에게 다가서더니 앞에 자리를 깔아주고 절을 드리는 데 도와 드린다. 부인은 다시 본 자리로 돌아와 절을 드린다.

부인은 절을 드리면서도 노파에게서 눈길을 떼지 않는다. 노파는 쓰러질 듯 쓰러질 듯, 불안스런 몸짓으로 몇 번이고 절을 드린다. 무엇을 저렇게 간절히 기구를 하고 계실까. 얼마 남지 않은 자신의 삶, 곁에 있는 딸자식을 위해서 내가 할 수 있는 것이라곤 이것밖에 없다면서 바치는 마지막 의식 같았다.

모녀인 듯 고부간인 듯한 두 분의 모습이 참 아름다워 보였다. 참배 드리는 게 끝났는지 부인이 노인을 부축하여 나오더니 신을 신겨드린다. 그 모습이 하도 정겨워 한참을 서서 바라보고 있었다.

내가 그들을 바라보는 장면을 아들은 나와 그들을 번갈아가며 지켜보고 있다. 아들은 묻는다. 왜 그들을 그렇게 보고 있느냐고. 나는 아무 말도 하지 않고 그냥 웃기만 하였다.

아이는 제가 먹다 만 뼈다귀를 헤집는 아비를 보며, 대웅전에서 연로하신 어머니를 보살피는 나이 든 부인을 보며 어떤 생각을 했을까.

한 교육 프로그램에서 이런 걸 본 기억이 있다. 덩치 큰 어른이 뒷짐을 지고 걷고 있다. 뒤에 따라가는 너덧 살배기의 어린아이도 뒷짐을 하고 따라간다. 어린아이는 앞에 어른이 그렇게 하니, 자신도 그렇게 해야 하는 줄 알고 하는 거였다. 이른바 학습효과라는 것이다.

나는 하루하루를 지내면서 아이들에게 어떤 학습을 하고 있는지 모르겠다. 나는 올바른 걸음을 하지 않으면서 자식들에게만 바로 걸으라고 다그치지는 않았는지. 감자탕을 먹으면서 불현듯 그런 생각을 해본다.

나의 취향

나는 아빠라고 부르는 호칭이 귀에 거슬렸다. 어쩐지 경박스런 느낌이고, 점잖고 인정스런 모습과는 배치되는 어휘 같았기 때문이다. 큰아이가 어렸을 때 이를 고쳐보려고 아무리 애를 써도 안 되기에, 수를 하나 썼다. 크레파스를 사줄 테니 아버지라고 불러달라고 하였다. 선물공세로 아이의 말을 바꾸어보자고 했던 것이다. 아이는 크레파스의 유혹을 물리치기가 어려웠는지 선뜻 그러겠다고 하였다. 나는 큰딸 아이를 데리고 학용품점에 일부러 들러 제일 좋은 크레파스를 사 주었다.

이제 비로소 아버지가 되었다며, 입가에 미소를 띠고 문

방구를 나섰다. 십여 년의 세월이 흘러 그 애가 대학을 졸업할 나이인데도 아직까지 나는 아빠다. 크레파스만 인심 쓴 셈이었다.

길을 가는데 한 어린 아이가 "아버지이~." 하면서 그의 아버지를 졸졸 따라간다. 얼마나 앙증맞고 정감 어린 모습인가.

작은 딸아이의 긴 머리가 바람에 날리어 우연히 그 애의 귓불을 보게 되었다. 작은 것이 반짝거리는 것 같아 "너 그게 뭐냐?" 했더니 "엄마가 일렀지." 하고 제 엄마한테 화살을 던진다. 속칭 피어싱이라는 걸 한 모양이다. "(너도 이제 천박의 길에 접어들었으니) 이제부터 용돈 반으로 삭감이다." 하고 즉시 선언했다. 기성인들이 하는 것은 애교로 보아줄 수 있으나 이제 막 대학의 진로가 결정된 아이가 외모부터 챙기려 하는 것 같아 해본 말이다.

제 언니가 방학이 되어 집에 오자, 둘째가 "아빠가 아셨어." 하니까 "어떻게?" 하는 것으로 보아 저희들끼리는 벌써부터 내가 알면 큰 탈이 날 것처럼 무슨 얘기가 오갔던 모양이다.

애들에게 외모에 대해 부탁하는 것이 몇 가지 있다. 옷은 헐렁하지 않고, 배꼽을 드러내는 것은 절대 하지 말고, 신발은 단정한 것으로, 머리는 스트레이트파마를 하지 말고, 하는 것들이다.

내가 제일 싫어하는 것은 배꼽티인가 하는 것이다. 다른 것은 그런대로 넘어가더라도 그것만은 못 봐 준다. 어머니의 양분을 받아 자신을 이 세상에서 빛을 보도록 고리 역할을 해준 고귀한 배꼽을 함부로 여기는 것도 그렇거니와, 허연 뱃살이 드러난 것도 여간 고약해 보이질 않는다.

내가 좋아하는 머리는 약간 긴 듯한 단발머리에 끝이 약간 오므라드는 모습이다. 소녀스러워 좋다. 다행히 우리 아이들은 내가 좋아하는 스타일의 머리를 가졌다. 웨이브지게 한 파마머리도 애교스럽게 봐준다. 드러난 목덜미를 감추려는 듯 얇은 스카프로 감싼 모양은 더없이 멋스럽게 해준다. 나는 내 딸아이들에게 이 스카프를 사주려 한다.

내가 큰아이한테 실망한 것은 다른 데 있지 않다. 다른 아이들은 다 하고 다녀도, 나를 닮아 고지식하다던 그 아이는 나의 취향에 벗어나지 않을 것이란 기대를 가지고 있었다. 안방에 앉아 있어도 시장 한복판에 있는 것처럼 매무새를 해야 한다고 한 것도, 그가 초등학교 다닐 때 한 말이다. 그 후로는 내가 복장을 더욱 조신하게 하려 했음은 두말할 나위가 없다.

18

그런데, 그러던 아이가 대학을 가더니만 방학 때 귀를 뚫고, 머리에 염색을 한 채 집을 찾은 것이다. 거기에다 내가 싫어하는 스트레이트파마까지 하고. 내가 그를 탓하니 애 엄마는 애들이 하고 싶은 대로 하게 내버려 두라고 충고를 한다. 고만한 또래의 아이들은 한 번씩 하고 싶어 한다는 것이다. 나는 그것이 이해되지 않았다. 무슨 통과 의례처럼 왜 꼭 그 과정을 거쳐야만 하는가.

내 결혼식 때 어머니는 내게 복장에 대해서 부탁한 것이 있었다. 양복은 감색으로, 넥타이는 붉은 것으로… 당신 아들의 키 작은 것이 맘에 걸리셨는지 신발 굽이 높은 것으로 하라는 것까지 일러주셨다.

고지식한 내 성미를 잘 아시는 어머니는 몇 번이고 당부를 하셨다. 나는 빨간 넥타이가 마음에 걸렸지만 어머니께서 원하시는 대로 했다. 마치 청개구리가 어머니의 마지막 소원을 들어주었을 때의 심정으로.

나의 아이들은 내가 아무리 당부를 하여도 먹히질 않는다. 한번 야단을 맞으면 된다는 식이다. 세상이 변한 것인지 내 취향이 시대에 동떨어져 맞지 않는 것인지 도대체 분간이 안 간다.

나는 고루固陋하고 융통성이 없다는 말을 많이 들어왔다.

그래서인지 유행에는 퍽이나 뒤지는 편이다. 한참 유행하다가 끝날 때쯤에서야 눈에 익어 은근슬쩍 발을 들여놓기도 한다. 그런 나에게 아이들을 내 취향에 맞추고자 하는 것은 무리가 있을는지 모른다. 아이들은 나에게 자신들의 취향에 맞출 수는 없느냐고 되묻고도 싶을 것이다. 그렇다 하더라도 내 아이들은 온새미로의 모습을 지켜주었으면 하는 게 변함없는 나의 취향이요, 바람이다.

　금아 피천득 선생의 아들은 육십이 넘은 나이로도 아버지에게 아빠라 불렀다고 한다. 조금치라도 격의 없이 가까이하고자 함이라는 것이다. 내 아이들이 나를 아빠라고 부르는 것도 그런 뜻으로 넘기고자 한다.

　멋지게 보이고 싶어 하는 것도 선사시대부터 이어오던 끈이니 내 아이들인들 어찌 막을 수 있겠는가. 세태가 그렇다고 하니 묻어둘밖에. 다만 오밀조밀 품속에서 놀던 아이들이 둥지를 떠나고자 발버둥 하는 것 같아, 취향이라는 핑계를 대어 괜히 한번 억지를 부려보는 것이다.

농가 국숫집

간단한 요기로는 칼국수도 괜찮겠다 싶어 칼
국수 집을 찾았다. 소로의 입구에 농가 국숫집이라는 팻말
이 보여 안으로 들어서자, 나락이 안마당 가득 널려있다. 오
랜만에 보는 풍경이다. 어릴 적 내 집 마당에 널어놓았던 나
락, 그는 그대로인데 세월은 저만치 흘렀다. 우두커니 서서
한참을 바라보았다. 가슴 한편에 남아있는 멍울이 만져지
는 듯했다.

오두막이 생각날 정도로 건물은 허름했다. 그렇지만 국
수와는 어울리는 집이었다. 좀 부족했지만 마루턱에 마냥
퍼질러 앉아 이야기꽃을 피워 좋았던 옛날 시골집 같았기

때문이다. 야트막한 지붕에 처마를 받치고 있는 기둥에는 씨앗용인지 옥수수가 몇 자루 매달려 있다. 국수 한 그릇으로 요기도 때우고, 시골의 정취를 느낄 수 있으니 금상첨화가 아닐까 싶었다.

얼마간을 기다리자 주인이 나타났다. 하얀 앞치마에 젖은 손을 닦고 있는 주인은 손님맞이가 늦어서인지 미안스러워하는 표정이다. 나이 지긋하고 시골스런 주인의 모습이 농가 국숫집하고 많이 닮았다. 주문을 하자 칼국수는 안 된다는 거였다. 대용으로 잔치국수를 시켜놓고 기다리는 동안 두리번거리니 책이 하나 보인다. 이 집 건물과는 어울리지 않는, 표지에 예쁜 전원주택이 실려 있다. 누가 이 책을 가져다 놓았을까. 허름한 집을 가진 주인장이 그런 집을 소망하여 택한 것일까.

뒤꼍을 둘러보고 싶었다. 나만의 빛깔로 물들어 있는 고향 시골집, 시공은 달랐지만 기억의 소급은 진행형일까 싶었기 때문이었다.

추녀 끝자락 안에 툇마루가 들여져 있었다. 얼마 만에 보는 툇마루인가. 내 어릴 적 그 툇마루였다. 학교를 다녀오면 한낮이 기울었다. 뒤꼍에 따스한 햇볕이 들어 으레 그곳을 찾곤 했었다. 툇마루에 앉아 불어서 진득하게 굳어진 칼

국수를 숟가락으로 뜬어먹곤 했었다.

장독대 앞엔 채송화가 피어 있고 과꽃도 망울져 있다. 꽃을 매만지는 누이의 예쁜 손이 보일 듯하다. 그때의 모든 것은 그곳에 있는데 내 그리운 이들은 없다. 그것도 세월의 흔적일까. 보이지 않는 흔적들, 나는 그 흔적들을 확인하고 싶었던 것인가.

멍석을 깔아 놓고 온 식구가 둘러앉는다. 하루의 해가 지고 개밥바라기별이 빛을 내기 시작할 무렵이다. 멍석 안에는 이야기꽃이 소담하게 피어오른다. 모두가 한가한데 어머니 혼자만 부엌일로 바쁘시다. 국수를 소쿠리째 갖다 놓고 한 그릇씩 말아 앞에 놓일 무렵, 이웃집 아저씨가 나타난다. 한 그릇 하시라는 말에 그는 금방 들고 왔다고 손사래를 친다. 맛이라도 보라며 커다란 그릇이 넘치도록 국수를 말아 내어 놓으면 후루룩, 순식간에 없어진다. 금방 들고 나왔다는 그의 말을 우리 식구 누구도 믿을 사람은 없었다.

모두가 어려웠던 시절이었다. 그 아저씨 댁은 굶기를 밥 먹듯 한다는 말이 맞을 정도로 가난했다. 그걸 잘 아는 어머니는 국수를 삶을 때마다 으레 몇 그릇을 더 준비하시곤 했었다.

기다리던 국수가 나왔다. 따끈한 국물에 통깨가 둥둥 떠

다닌다. 주인의 곰살스러운 인정이 읽힌다. 간이 좀 센 듯했지만, 국물까지 다 마셨다. 정성껏 준비한 성의도 그렇거니와 남겨지는 통깨가 마음에 걸렸기 때문이다.

나오는 길에 마당에 널려있는 나락을 고무래질해 주었다. 한나절이 지난 이 시간쯤이면 속 것이 마르도록 뒤집어줄 때가 되었으니까.

고무래질을 하며 내가 걸어온 길을 생각해 본다. 지리멸렬한 길, 햇볕 한 번 제대로 들지 못하여 곰팡이가 필 정도로 누추한 길이 아닌가. 농가 국숫집이 고무래가 되어 햇볕이 잘 들도록 습진 내 길을 뒤집어 주는 것 같았다.

농가 국숫집에 들어 시장기를 면하고 오랜만에 시공을 넘나드는 시간 여행을 했다. 가외로 젖어 있는 내 길을 말리기까지 했고.

붉게 물든 감나무 잎이 나락이 펼쳐진 멍석 위에 떨어진다. 내 눈길은 그곳에 머물고 있다.

리콜라스

『굿나잇 키스』라는 책이 세간에 화제가 되고 있다. 이어령 교수가 딸과 좀 더 진한 시간을 가지지 못한 회한을 적은 것이라 했다. 어느 아버지인들 그런 마음이 없을까.

어쩌다 고향엘 가노라면 어른들께서 으레 애가 몇이냐고 물으셨다. 그리고는 아들이냐 딸이냐는 꼬리표를 꼭 다셨다. 이 양반들 한 연세 하시느라 잊으셨는지 갈 때마다 매번 똑같은 질문을 하신다. 위로라고 하신다는 말씀이 "딸 둘이면 워뗘~ 비향기 두 번 타겠네." 이분들껜 이 '워뗘'라는 단어의 의미는 심장했다.

집에 오면 그 아이를 한 번 더 쳐다보곤 했다. 아무것도 모르고 소꿉장난하며 천진하게 노는 모습을 보면 가엽기까지

25

했다. 그러니 죄책감에서라도 더 애정을 가질 수밖에 없었다. 큰아이와 다투기라도 하면 꼭 둘째 편이었다. 큰아이는 그게 늘 불만이었다.

그런 딸이 애교도 많았다. 무덤덤한 나에게 찰싹찰싹 안겼다. 한밤중에 잠에서 깨보면 어느새 제 방에서 나와 내 머리맡에 쭈그리고 앉아 있곤 했었다. 애 엄마가 버릇된다며 보낼 때 돌아가는 모습이 그렇게 쓸쓸해 보일 수가 없었다.

리콜라스가 나로 인해 흘린 몇 번의 눈물을 기억한다. 한 번은 어렸을 적 내 생일이라고 그림을 예쁘게 그려 포장한 걸 선물로 내밀었을 적이었다. 어린아이한테 받는 선물이 미안하기도 하고 겸연쩍은 마음에 한다는 말이 '뭐 하러 이런 걸 샀느냐'고 면박을 주었다. 아이는 금시 훌쩍거렸다. 얼마나 무안했을까. 선물을 기쁘게 받는 것도 그에게는 큰 선물이 된다는 말을 미처 생각지 못했었다.

또 한 번은 만화책이었다. 중학생 때였는가 싶다. 잘 드나들지 않던 딸애의 방에 들어가 보니 방 안 구석구석 만화책으로 가득했다. 그를 본 나는 화가 머리끝까지 치밀어 올랐다. 순간 애를 불러 만화책을 다 버리라고 다그쳤다. 그 많은 책은 필시 학용품을 산다거나 하여 엄마한테 돈을 타 내서 유용했을 터였다. 더 큰 이유는 내가 가진 만화에 대한 편견에 있었다. 소설은 하나하나를 묘사하게 하여 상상력을 키워주지만 만화는 이미 그림으로 다 나타나 있으니 그렇지 않을 거라는 생각 때문이었다. 하니 그 시간에 공부해야지, 만화는 무슨, 어림없는 얘기였다.

말을 듣지 않자 아이에게 매를 대었다. 종아리에 핏자국이 나도록 맞으면서도 못 버린다는 거였다. 반항이라도 하듯 울면서도 꼿꼿하게 서 있었다. 왜 못 버리느냐고 했더니 '아빠 같으면 자식을 함부로 버릴 수 있냐'는 거였다. 나는 손을 들 수밖에 없었다. 자식같이 귀하게 여긴다 하니 더 무슨 말을 더하랴 싶었다.

그날 밤, 잠이 오질 않았다. 매 자국이 선명했던 아이의 종아리가 눈에 어렸기 때문이었다. 잠자리에서 일어나 아이 방에 들어가니 불이 꺼져 있었다. 가만히 이불을 젖히고 종아리를 만져보았다. 들어갔던 매 자국이 튀어 올라 통통 부어 있었다. '얼마나 아팠을까!' 하는 차에 아이의 떨리는 목소리가 들려왔다. "아빠! 괜찮아, 미안해!" 아이도 잠이 들지 못했던 모양이었다. 나는 얼른 방에서 나오고 말았다. 같이 있으면 부둥켜안고 울 것만 같아서였다. 매를 댄 나를 원망한 것이 아니라 오히려 아빠를 실망하게 해드려 미안해하고 있었던 모양이었다. 나중에 보니 애니메이션에 관심이 있었던 모양이었는데 그만 내가 오해해서 빚어진 일인데도 말이다. 나는 아직도 그 얘기를 꺼내면 감정이 격해져 말을 잇지 못한다.

몇 년 전 총리 지명을 받은 이의 딸 결혼식이 있었는가 보았다. 그가 딸을 보내는 아버지의 마음을 전하는 글을 읽으며 펑펑 울었다고 해서 세인들의 입에 오르내렸다. 한 방송에서 사회자가 그걸 어떻게 생각하느냐는 질문에 한 패널리스트가 '좀 과잉인 거 같다'고 말하는 걸 들었다. 둘째 딸 나이쯤 되어 보이는 여성 변호사였다. 나는 혀를 찼다. 그네들이 어찌 아버지의 마음을 알 수 있으랴. 얼마나 딸을 사랑했으면 그랬겠냐고 했으면 좋았을 거였다.

나보고 과거로 되돌아가고 싶으냐고 누가 묻는다면 '그렇다'라고 쉽게 답할 거 같지 않다. 지나온 날들이 후회와 회한의 연속이었지만 그렇다고 그날들을 접고 싶지 않기 때문이다. 도미노게임에서 어느 하나가 빠지면 모든 게 단절되고 만다는 걸 안다. 그렇듯 삶의 궤적이 오롯이 녹아있는 그 소중한 순간들. 기억에서 지워야 한다면 어느 것을 지워야 한단 말인가.

그렇다고 되돌아가고 싶은 생각이 영 없는 건 아니다. 만일, 만약에 그런 기회가 다시 주어진다면 아이들을 좀 더 살

뜰히 보듬어주는 아버지이고 싶기 때문이다. 딸에게 예쁜 레이스 달린 원피스도 사 주고, 같이 아이스크림을 사 먹으며 헤헤거리고도 싶은 거다. 무슨 거창한 철학이나, 세상 사는 누추한 얘기는 꺼내지 않을 테다. 그저 길을 가다가 파란 하늘에 뭉게구름이 둥실 떠가면 "우리 저거 타고 갈까." 하고 그렇게 순박하게 지내면 됐다. 지금도 못 할 바는 아니지만 이제 많이 커버렸다. 헤헤거리지도 않을 것이고 무얼 하나 한다고 감동받지도 않을 테니 말이다.

리콜라스, 둘째 딸이 어렸을 때 방영되었던 TV 외화 드라마의 꼬마 주인공이었다. 남자아이인 리콜라스는 언제나 의젓했고, 집안의 재롱둥이였다. 행동이 그와 닮아 내가 둘째 아이에게 붙여준 별칭이었다. 지금도 문자를 보내거나 할 때면 가끔씩 리콜라스라 부른다.

그 리콜라스도 이제 서른을 넘기고 있다. 생물학적으로 사람은 이십 중반이 넘으면 서서히 늙어간다고 한다. 나는 그 딸이 늙어간다는 말이 싫다. 하지만 세월은 리콜라스한테도 어김없이 찾아갈 것이다. 그 매정하기만 한 세월, 나한테 곱으로 얹어주어도 좋으니 둘째에게만은 닿지 않았으면 한다.

밤이 깊었다. 이 밤이 새고 나면 새로운 햇살이 온 천하에 스밀 것이다. 그 맑고 환한 아침을 리콜라스와 맞고 싶다.

물꼬지기

　　모처럼의 고향 길, 어둑살이 서성이는 동구
밖 무논엔 가녀린 볏잎이 너울대며 길손을 맞고 있다. 논두
렁 초입의 물꼬에선 쪼르륵쪼르륵 물이 넘쳐 흘러내린다.
적당한 양만 채우고 내보내는 물꼬의 여유로운 풍경이 보는
이의 마음을 푸근하게 해준다. 물결은 한 길의 높이를 내리
면서 줄기를 이루다가 살랑대는 바람에 부챗살처럼 흩날리
기도 한다. 오랜만에 보는 운치라 한동안 눈길이 머물렀다.
　새벽잠 속 꿈결인가 싶게 멀리서 떠드는 소리가 수선스레
들린다. 앞 동네 어른과 뒷집 아저씨의 물꼬 싸움이 또 시작
된 모양이다. 날이 가물면 들녘 이곳저곳에서 물꼬 싸움 소

리가 부쩍 심해진다. 물꼬를 트고, 막는 일은 마치 자식을 굶기지 않으려 먹을 것을 하나라도 더 챙기는 것과 같을진대, 어찌 소 닭 보듯 가벼이 할 수 있었으랴. 양식거리라곤 오직 논 한 배미로, 온 식구가 그 논만을 쳐다보며 입을 벌리고 있는데 논바닥이 쩍쩍 갈라지고 벼는 타들어가고 있으니….

하늘바라기 논이 많던 내 고향의 어릴 적 여름에 자주 보던 풍경이었다.

이제는 모든 것이 풍족해져 시골에 가면 물꼬 싸움 소리가 들릴 리도 없겠지만, 그 소리조차도 경건하게 들릴 것이다. 한 가정의 물꼬지기로서 소임을 다하는 것일 테니까.

무논엔 물을 알맞은 양으로 조절하기 위해 반드시 물꼬가 있어야 한다. 그리고 물꼬를 잘 다스리는 노련한 물꼬지기가 있어야 한다. 물이 너무 마르면 수분이 모자라 벼가 잘 자라지 않게 되고, 너무 많으면 웃자라 물러져 병약해지기 때문이다. 그래서 물꼬 관리는 반 농사나 다름없었다.

도회에서 우리가 어울려 지내는 곳이라고 다를까. 한 가정의 살림살이나 사회생활에서도 양을 적절히 조절해주는 물꼬가 필요하다. 물꼬가 허실虛失되지 않도록 돌이나 짚을 깔아주어야 하고, 갈수기나 장마 때는 높낮이를 맞춰줘야 한다. 마찬가지로 가정이나 사회에서도 사람들이 들뜨거나 어지러운 마음을 가라앉히기도 하고 용기를 돋워주어야 한다.

물꼬는 내 논에만 물을 채우기 위해 존재하지 않는다. 좀 부족하다 하더라도 남의 논으로 흘려보낼 줄 아는 덕망이 깃들어 있다. 그게 물꼬가 우리에게 보여주는 소중한 가르침이다.

내 어릴 적 고향에선 정월 대보름 전날에 아이들이 끼리끼리 모여 밥을 훔쳐 먹는 풍습이 있었다. 그 해 우리는 동네에서 제일 부잣집으로 밥을 훔치러 가기로 하였다. 소문난 부잣집이라 범접하기가 어려워 평소에는 얼씬도 못 하던 집이었다. 기와집은 그 집뿐이었고, 동네의 터가 거의 그 집 땅이었다. 캄캄한 부엌에서 밥을 통째로 쏟아온 우리는 희색이 만면했다. 곧 눈앞에 하얀 쌀밥이 펼쳐질 것이기 때문이었다. 호롱 불빛에서 밥을 본 우리는 모두가 실망했다. 하얀 쌀밥을 생각했었는데 정작 꽁보리밥이었기 때문이었다.

그때 나는 알았다. 그런 부잣집에서도 꽁보리밥을 먹는다는 것을. 그리고 그들이 어려운 이를 도와주었다는 말을 들었을 때 부자이니 그저 남는 것을 좀 덜어줄 뿐일 거라는 생각이 잘못이었다는 것을.

이후로 '그런 부잣집도 꽁보리밥을 먹는데….'가 늘 내 뒤를 따라다녔다. 내가 가족에게 씀씀이가 인색하다는 말을 듣는 것은 그 '부잣집 꽁보리밥'이라는 물꼬지기 때문이 아닐까 싶다.

물꼬는 때론 정신이 번쩍 드는 죽비소리로, 때로는 민초들의 함성으로 다스려지기도 한다. 옛 선비들은 지조와 안빈낙도로 물꼬를 삼기도 하였으며, 오늘날에는 매스컴과 시민단체들이 물꼬가 되기도 한다.

계영배라는 잔이 있다. 술을 부으면 칠 할 정도 채워질 때까지 그대로 있는데, 그 이상 차면 술이 흘러내려 없어진다는 잔이다. 그 잔은 내면에 물꼬를 내고 스스로 관리가 되어주는 물꼬였다. 가득 채움을 경계하는 술잔, 조선 시대 거상 임상옥은 이 잔을 곁에 두고 생활의 지침으로 삼았다. 끝없이 채워도 채워지지 않는 욕심을 자신의 위기로 알고 이를 경계하기 위함이었다.

차면 넘쳐 없어지는 것이 어찌 술잔뿐일까. 나뭇잎도 성하면 떨어지고 도랑은 적은 비에도 넘쳐난다. 그런 자연의 이치를 수없이 지켜보면서도 자꾸만 채우려 드는 게 사람의 속성이 아닌가. 이 계영배 같은 물꼬를 마음속에 하나씩 들여 놓아 과욕을 다스리면 좋을 것이다.

주역에서는 "덜지 않고 보태는 까닭에 던다고 하고, 스스로 덜고 마치는 까닭에 보탠다." 하였다. 부족하면 채우고 차면 비우는 것이 물꼬의 원리임을 이제야 알았으랴!

내 나이 스물에 나에게 더는 물꼬를 보아줄 이가 없었다. 내게 물꼬지기를 하셨던 아버지는 나를 일찍 놓아버렸던 것이다. 물꼬지기를 잃은 나는 때로 물이 넘쳐날 때 가두지 않아 가뭄에 시달리기도 했고, 물꼬를 트지 않아 장마에 논두렁이 무너지기도 했다.

아버지와 마지막 대면이었다. 내 손을 꼭 잡으신 아버지는 촉촉한 눈빛으로 나를 쳐다보셨다. 무언가 하실 말씀이 있는 것 같은데 기력이 없으신지 그저 말없이 바라보기만 하셨다. 아버지의 입속에 머물렀던 말은 무엇이었을까. '물꼬지기로서의 소임을 다하지 못해 미안하다.'셨을까, 아니면 물꼬지기를 잘해달라는 당부의 말씀이었을까. 그때의 아버지 나이가 된 지금, 나는 과연 물꼬의 소임을 다하고 있는지 묻고 있다. 한 가정의, 사회의 물꼬지기로서.

가던 길을 재촉한다. 물잠자리가 저만큼 앞서가고, 아직 주인이 거두지 않은 길옆 누렁소는, 눈을 지그시 감은 채 되새김질을 하고 있다. 그런 중에도 물꼬에서는 연신 물이 넘쳐 쫄쫄쫄 소리를 내고 있다.

도회의 소란스러움에 지친 내 가슴은 들녘의 푸른 빛깔로 넘쳐난다. 호수처럼 시야에 펼쳐진 무논을 바라보는 마음엔 평화로움이 스민다.

모두가 목소리를 내어 시끄러운 시대에, 묵묵히 제 몫을 다하는 물꼬는 아름다운 풍경이다.

비 오는 날의 이방인

자꾸만 비가 내립니다.

"오는 비는 올지라도 한 닷새 왔으면 좋지."

소월 선생의 왕십리가 생각납니다.

비 오는 날의 수채화, 운치가 있어 좋습니다.

물기를 머금은 창밖의 느티나무는 생기가 돋는 살풋함을 가져다줍니다.

이따금 지나치는 우산 속 연인들의 뒷모습이 오래전의 추억 속으로 빠져들게 합니다. 인생의 가을쯤에 와 있는 아직도 그런 사치스런 낭만을 가져도 되는지 자문해 봅니다.

베란다 밖, 내리는 비를 바라보노라니 스무 살 남짓 젊디

젊을 적으로 젖어듭니다.

여름철 농번기에 한참 논일을 하던 때였습니다. 비를 핑계 삼아 잠시 손을 멈추고 툇마루에 앉아있습니다. 초가지붕, 뚝뚝 떨어지는 낙숫물에 잉태되는 커다란 물방울을 물끄러미 바라보고 있습니다. 말갛게 흐르는 물방울은 가다가 꺼지고, 가다가 꺼지곤 합니다. 어떻게 살릴 재간이 없어 안타까운 마음이었습니다. 고향을 떠나보고 싶은 심정을 실어 보내고자 하는 마음이 간절했던 걸까요.

그런 정겨움에 취해 있던 어설픈 농사꾼은 30여 년 세월을 뒤로한 이제, 허연색의 더께를 둘러쓴 채 낯선 외지에서 방황합니다.

어찌하여 비는 자꾸 내려 예전으로 거스르게 하는지 모를 일입니다.

저벅저벅 빗물이 밴 듯 가까워지는 발자국 소리가 금시라도 현관문이 열릴 듯합니다.

오늘도 까맣게 물든 시간쯤에 고향의 문을 두드립니다.

그래야 한걸음에 닿을 수 있겠기에 그럴 겁니다.

고향을 등지고 이곳에 정착한 지도 30여 년이란 세월이 흘렀지요.

그동안 고향에 많은 발걸음이 있었습니다.

그 발걸음은 그냥 스쳐 간 정도이니 온전히 이곳 생활에 물들었을 법합니다. 하나 어디서 오는지 모를 추적이는 빗방울처럼 언제나 이방인인 듯 그런 심정입니다.

오는 비를 반가이 맞듯, 아무 때나 조건 없이 반길 것 같은 착각에서일까요.

그래서 늘 이방인의 마음으로 지내는지도 모릅니다.

이 시간에도 비는 계속 내립니다.

흐르는 빗물에 배를 띄워 '하하'대던 동무들, 징검다리, 둥구나무, 방자들길….

이방인은 고향의 붙이들이 있는 그곳으로 노를 저어가고 있습니다.

생연이

오랜만에 들길을 찾았다. 널따란 들녘을 바라보니 초록빛으로 물들여진 들판의 싱그러움이 코끝을 간질인다. 조용한 들녘 한복판에 선 나는 어머니의 품에 안긴 듯 포근함에 젖는다. 언제라도 마음만 있으면 일상의 굴레를 이렇게 쉬이 벗어날 수도 있는데, 그렇게 하지 못하는 것은 무슨 미련 때문일까.

발걸음을 옮겨 논두렁에 들어서자 개구리들이 새 손님을 맞이하느라 이리저리 분주하다. 반듯하게 줄지어 늘어선 벼 폭 사이로 방동산이와 가래풀이 간간이 눈에 띈다. 예전 같으면 잡초라는 이름으로 귀찮은 존재였지만, 이제는 그들도 오랜만에 만난 친구만큼이나 반갑다. 몇 개의 볏잎을 연결하여 성글게 줄을 치고 있던 작은 거미가, 살랑이는 바람의 힘을 빌려 춤을 추기 시작한다. 오래전부터 내가 나타나 주기를 기다렸다는 듯이.

그들에 취하여 발길을 멈추고 허공을 응시하자 추억의 그림자가 드리워지고, 이어서 내 어릴 적 모내기하던 광경이 한편의 영상물처럼 펼쳐진다. 그 속엔 모내기하는 장면만 보면 떠올려지는 생연이란 소녀도 살풋한 미소를 띠며 나타난다.

내가 그녀를 본 것은 중학교 2학년 때쯤이었을 것이다. 일요일이 되어 산 너머 밤나무골에 사는 누님 댁에 모내기 일을 도우러 간 적이 있었다. 때를 같이하여 그 동네 살던 어느 소녀도, 직장이 휴무였었는지 서울에서 내려와 모내기 일을 온 엄마를 찾아왔다. "생연이 왔구나, 이제 처녀가 다 되었네!" 하는 한 아주머니의 말에 그의 이름이 생연이라는 것을 알았다. 그녀는 나와 비슷한 또래처럼 보였다. 어린 나이에 객지생활을 하면서 늘 그리며 지내다가 모처럼 시간을 내어 고향을 찾았을 것이다.

그는 엄마의 허리가 좋지 않다며 그녀의 어머니와 손바꿈을 하여 신발을 벗고 물에 들어섰다. 나는 창백하도록 하얀

40

발이 물속에 잠기는 모습을 안쓰럽게 바라보았다. 피부가 얼마나 뽀얗고 눈이 부시던지, 그 발은 흙탕물에 들어서는 안 될 것 같은 마음이 들었다. 보드라운 피부가 물속의 나뭇가지에 찔리거나, 거머리가 달라붙는다면 어쩌나 걱정이 되었던 것이다. 나는 모내는 뒷일을 하면서 그녀의 걷어붙인 소매 밑 하얀 살결을 슬쩍슬쩍 바라보았다.

내가 하는 일은 모첨을 가져다주거나, 손에 쥐고 심기 편하도록 모첨을 뜯어 나누어 주는 모쟁이였다. 이곳저곳을 찾아다니며 모가 떨어질 때가 되면 알아서 나누어 놓아야 하는데, 그녀에게는 그렇게 하질 못하였다. 왠지 그녀에게 접근한다는 것이 그녀를 불경 되게 하는 것이라 생각되었기 때문이었다. 한참 사춘기의 나이에 신데렐라처럼 갑자기 나타난 그녀가, 나에게 야릇한 감정을 일게 하여 내외를 하게 하였는지도 모르겠다.

고된 일상에서 어렵사리 얻은 휴식을 어머니를 위해 기꺼이 내미는 그의 심성이 몹시 착해 보였다. 생글거리며 친근감 있게 동네 분들과 얘기를 나누는 모습은 발랄해 보이기까지 하였다. 모두가 정을 붙이던 고향붙이들이 아니겠는가. 그 속에서 그간의 소식이 오갔을 것이고, 그동안 가뭄 속에 목말라했던 마음의 정도 해갈이 되었을 것이다.

그런 뒤에도 다른 일로 누님 댁이 있는 밤나무골을 여러 번 갔었다. 그의 소식이 궁금했지만, 누님에게 물어보질 못하였다. 속마음을 내어 놓는 것 같아 부끄러웠기 때문이었다.

그를 본 서너 달 뒤쯤 뜻하지 않은 소식을 전해 들었다. 그녀가 죽었다는 것이었다. 그것도 스스로 세상을 등졌다고 했다. 나는 크게 상심했다. 마냥 상냥하기만 했던, 근심이라고는 찾아보기 힘든 모습이었기에 더욱 그랬다.

먹고살기가 힘들어 입 하나라도 덜어야 했던 그 시절, 그는 가족의 생계를 위하여 돈벌이에 나섰을 것이다. 그때만 해도 많은 시골 소녀들이 돈벌이를 위하여 서울로, 서울로 향했던 시절이었다. 그는 힘이 들어도 그를 바라보는 동생들의 맑은 눈동자를 떠올리고, 가정의 어려운 살림을 보태려는 마음으로 모든 걸 받아들이고자 노력을 했을 것이다. 그런 그에게 그토록 모진 선택을 하게 한 것은 어떤 곡절 때문이었을까. 순진한 시골 소녀가 거칠기만 한 도회 생활을 버텨내지 못하고 세상을 버렸을 것을 생각하니 몹시도 마음이 아팠다.

그때를 생각하니 순박하고 발랄한 생연이의 모습이 환영으로 다가온다. 그는 수십 년의 세월에도 조금도 변하지 않은, 그때의 소녀티를 그대로 간직하고 있었다. 가슴 깊숙이

잠재되었던 감정이 억제하기가 힘들 정도로 꿈틀댄다. 그리던 사람을 만나는 기쁨보다 더한 것이 또 있을까. 나는 그를 다시 만난다 해도 그저 바라보고만 있을 뿐, 더는 가까이하지 못할 것 같다. 그를 지켜보고자 하는 순수한 마음에서일 것이다.

소금쟁이 한 마리가 물 위에 미끄러지듯 원을 그리는 율동에 혼미했던 정신이 되돌아오는 듯했다. 잠시 딴생각을 했던 것인가. 이제 와서 나 혼자만이 그런 상상을 해도 되는 건지 모르겠다. 그것도 죄라면 기꺼이 죗값을 치를 일이다.

시야를 멀리하자, 들판의 한쪽 논에 이앙기가 남겨놓은 자투리인지, 작은 공간에 한 노파가 때늦은 모를 심고 있다. 그 노파는 생연이의 어머니인지도 모르겠다. 그는 가슴에 묻은 딸을 생각하며 한 포기 한 포기의 모를 꽂을 것이다.

나는 생연이와 말 한마디 건넨 적이 없다. 그런 중에도 어릴 적의 짧은 만남으로 이제껏 나의 가슴 한편에 자리하고 있는 것을 보면 꽤나 질긴 인연인 모양이다.

비록 그와 이승의 연은 다시 할 수 없다 하더라도, 멀리 시골 어디엔가 있을 사람처럼 느껴진다. 그저 평온 안식을 빌뿐이다.

세 개의 보름달

　　한바탕 격랑이 지나간 뒤 침상에 누웠다. 추석 명절이라 한잔해야 한다는 고참의 심부름으로, 술을 사들고 오다 위병소에서 걸려 내무반에 통보됐다. 이를 고참들이 그냥 놔둘 리가 없었다. 죄목은 요령을 부리지 못하고 들킨 죄. 그것도 죄라고 소대원 전원 집합, 앞으로 취침 뒤로 취침, 푸시업 등의 얼차려로 대가를 혹독히 치렀다.

　　그날 밤 주위는 고요했다. 내 옆에 누워 있는 동기의 부스럭거리는 소리만 이따금 들릴 뿐이었다. 잠이 오지 않았다. 고향 생각이 났다. 아버지께서 이승을 떠나시고 처음 맞는 추석이었다. 아버지께서 돌아가신 날도 추석을 지난 첫 보

름날이었다. 벌초는 했는지, 차례는 잘 지냈는지, 친구들은
누가 왔는지, 여러 상념으로 뒤척이다 겨우 잠이 들었다.

두어 시간쯤 잤을까. 목이 말라 깨어 보니 달빛이 환했
다. 내무반 창문으로 들어온 달빛은 곤히 잠든 전우들의 얼
굴에 포근히 앉아 있었다. 그 빛을 따라가 보니, 쪽빛 하늘
에 둥근 보름달이 시리도록 맑은 빛으로 중천에 있었다. 그
리운 이를 만난 듯 반가웠다. 그 달빛은 연병장을 채우고
주변으로 번지더니, 이내 온 누리에 그득했다. 아! 저 달은
아버지의 산소에도 은빛 주단을 깔아 놓았겠지. 그 자리를
나 대신 저 달빛이 지키고 있을까.

회사에 입사한 뒤 처음으로 맞은 추석날에도 숙소에서 그
달을 보았다. 회사 사정으로 고향 다녀올 엄두를 못 내 독신
아파트에 마련해 놓은 합동분향소에서 분향을 마친 날 밤이
었다. 아파트 창 너머의 휘영청 밝은 달빛은, 군대 시절의 그
달을 갖다 놓은 듯 너무나 닮은 모습이었다. 달은 연신 은빛
가루를 뿜어내고 있었다. 만경창파에 외로이 떠 있는 저 배
는, 나를 고향으로 데려다 주려고 정박하고 있는 것 같았다.

한 세월이 흐른 뒤 가족들이 둘러앉아 송편을 빚고 있었
다. 나도 딸린 식솔이 생긴 뒤로는 송편이라도 해서 명절 맛
을 내고 있던 터였다. 송편을 만드는 가족들 얼굴에 웃음꽃

이 피었다. 서로 자기가 만든 송편이 예쁘다고 했다. 큰아이가 깔깔거리며 "아빠 송편은 왜 그렇게 동그래?" 했다. 내 송편은 동그랗게 빚어져 있었다. 아버지의 보름달, 군대 시절 보름달, 독신 아파트의 보름달, 세 개의 달이 나란히 놓여 있었다.

엄마, 미안해

이런 장면이 생각난다. 어느 텔레비전 퀴즈 프로그램에서였다. 출연자는 대학원생, 한 아이의 엄마였다. 방청석엔 시어머니와 친정어머니가 나란히 앉아 있었다. 응원차 나왔을 거였다.

그는 결승까지 올라와 혼자 남아 있었다. 사회자는 그에게 질문했다. 만일 상금을 탄다면 어떻게 쓸 것인가. 출연자는 친정과 시부모님의 여행경비로 썼으면 좋겠다는 답변을 했다. 사회자의 질문이 이어졌다. 친정과 시댁 어머니 중 굳이 한쪽을 택해야 한다면 누굴 선택하겠느냐고. 좀 짓궂은 주문에 출연자는 당황해하는 기색이 역력했다. 시청

47

하고 있던 나도 긴장이 되었다.

일순간 정적이 흘렀다. 그녀가 머뭇거리고 있는데, 사회자는 채근했다. 모두들 지켜보고 있었다. 나도 과연 그에게서 무슨 말이 나올까 조마조마했다. 마치 나의 딸인 것처럼.

마침내 그의 입이 열렸다. 망설이던 그에게서 나온 말은 '엄마, 미안해.'였다. 순간 카메라에 비춰지는 친정어머니는 안도하는 기색이었고, 시어머니는 미안해하는 눈치였다.

나도 그 말이 나오도록 기도했었다. 그리고 안도의 숨을 내쉬었다. 시어머니는 그게 예뻤을 거고, 사돈에게 미안했을 것이다. 친정엄마는 내 배 아파 낳은 딸이, 너 때문에 흘린 땀, 눈물이 얼마였는데였을까? 조금은 서운했는지도 모른다. 그러나 친정어머니도 그러기를 바랐을 것이다. 그게 우리의 정서였다.

예전에는 나보다는 남을 생각하는 게 미덕이었다. 내 자식이 남의 아이들과 싸우면 내 자식을 나무랐다. 자초지종을 알아보고 판단하지도 않았다. 그저 남이니까 나보다는 더 어렵다는 생각에서였다.

만일 출연자의 입에서 '꼭 누구라고 하진 않겠습니다. 두 분 다를 위해서 쓰겠습니다.' 거듭 말했다면, 그건 틀린 답이었다. '모두를 사랑한다는 건 아무도 사랑하지 않는다는 말과 같다.'고 했지 않는가.

　나는 요즘 세대들의 생각이 얼마쯤인지 그 깊이를 모른다. 그들이 되어보지도 못했고, 그들이 될 수도 없으므로. 만약 지금 똑같은 장면에서 내 딸이 출연자였다면 어떤 상황이었을까. 그 출연자처럼 '엄마, 미안해.' 하며 친정엄마한테 양해를 구하는 이였을까. 그랬으면 하는 게 아비의 마음이다.

　많은 이들이 말한다. 남은 없고 나만 있는 세상이라고, 예전의 이웃을 먼저 생각하고, 배려하던 인정은 다 어디 갔느냐고.

　그래서인지 '엄마, 미안해.' 그 말이 더 다가왔다. 그 한마디가 이웃끼리 넘나들던 정으로 되돌려 주는 것 같으니까.

　큰딸이 결혼한 지 달포쯤 지났다. 시댁 집 문을 더 자주 열었으면 한다. '엄마, 나왔어.'가 아니라 '엄마, 미안해.'를 마음속으로 뇌며.

　햇살이 눈부신 이른 아침이다. 베란다 문을 여니 아침 공기가 맑다. '엄마 미안해.' 큰딸의 목소리가 들리는 듯하다.

코뚜레

　내 어릴 적 마을에 소의 코를 뚫어주는 이가
있었다. 우리 집 소가 코뚫이가 될 무렵 그를 불렀다. 소는
코가 뚫리는 의식이 행해짐에 운명으로 여기는 듯 자신의
코를 맡긴 채 눈만 끔뻑이며 서 있었다. 그 의식이 소로서
의 행로를 디디기 위해 겪어야 하는 작은 고통쯤으로 여겼
을까.

　코를 뚫는 이는 온 힘을 다해 손가락으로 코를 문질러 대
었다. 코의 살이 종이쪽처럼 얇아지자 나무 송곳으로 맞창
을 내어 준비해둔 노간주나무 코뚜레를 끼었다. 그는 아버
지가 따라주는 막걸리 한 사발을 들이켜고는, 물기가 매달

린 자신의 수염을 쓰다듬으며 독백처럼 한마디 했다. "놈은 코가 뚫리기 싫었던 모양이야." 코 살이 유난히 두꺼웠다는 것이다.

언젠가 친구의 집에서 코뚜레를 본 적이 있다. 거실 한편에 매달려 있는 코뚜레, 이젠 소의 코뚜레도 장식물로 사용되는가 싶었다.

벽에 걸려있는 코뚜레를 보며 내 소년 시절 사랑채에 있던 외양간의 소를 생각한다. 가끔 푸~ 하고 하루의 고단함을 말없이 토해내던 소리에 단잠을 깨기도 하였다. 그 소리는 자신이 옭매여 있음을 한탄하는 절규로 내 가슴속에 메아리 졌다. 나는 집이라는 울타리가 나를 속박하는 코뚜레라는 생각으로 소와 상련하던 터였다. 나는 자리에서 일어나 외양간에 있는 소의 고삐를 풀어주었다.

'네 맘대로 해라, 어디든 가 보거라…' 하지만 소는 그 자리만 맴돌 뿐 밖으로 나갈 생각을 하지 않았다. 이미 코뚜레에 길든 소는 더 다른 세계로의 디딤은 사치라 생각했는지도 모른다. 그 소는 어느 날 아침 일찍 아버지의 손에 이끌려 가더니만 돌아오신 아버지의 손에는 코뚜레만 들려 있었다. 코뚜레가 필요 없는 소, 그것은 이미 운명을 다한 소였다. 그때를 마지막으로 소와의 인연은 멀어졌다. 코뚜레에 코를 꿰인 채

멀뚱멀뚱 어린 주인을 바라보던 누렁이의 모습이 오늘따라 애잔하게 다가온다.

아버지가 당신의 둘째 딸과 무릎을 맞대고 앉아 있었다. 자식들을 거두느라 휘어진 아버지의 등이 그날따라 더욱 오그라들어 보였다. 둘째 딸은 허리춤에 매여 있는 코뚜레의 고삐를 어서 풀어달라고 채근하고 있었다. 등에서 내려지면 천 길 낭떠러지에라도 떨어지기나 하는 듯 안간힘을 쓰면서 아버지의 등에 매달려 있던 그 딸이었다.

아버지의 눈가에 이슬이 맺혔다. 아버지의 한숨 소리가 몇 번이고 뱉어졌다. 그 소리는 폐부 깊이에서 꺼내지는 듯 대청마루를 가로질렀다. 옆집의 누님이 그 아버지의 코뚜레에서 벗어난 지 얼마 되지 않아 매형과 사별하는 아픔을 안고 되돌아왔었다. 그 아픔을 지켜본 아버지는 둘째 딸이 탈출구가 보이지 않는 미로에 서있는 어린아이처럼 보였던 것일까.

아버지들의 위엄만이 미덕이었던 내 어린 시절, 명절 때마다 누이들에게 예쁜 미투리를 삼아주시고, 댕기까지 들여 주셨던 내 아버지다. 이웃집 아이들이 병마와 배고픔으로 하나둘 쓰러질 때마다, 어미 닭처럼 자식들을 날개 밑에 두고, 다가오는 적을 쪼아대었던 아버지다.

고삐에서 풀린 둘째 누이는 팔랑팔랑 잘도 날아갔다. 날개를 활짝 펴고 나는 둘째 누이를 보면서 아버지는 어떤 생각을 하셨을까. 아마도 물설고 낯선 곳에서 맘 졸일 것을 생각하고는 잠을 이루지 못하셨을 것이다. 하지만 어쩔 수 없는 현실 앞에 "그래 이제 놓아줄 때도 되었지!" 하는 체념으로 코뚜레의 끈을 놓으셨을 것이다.

고삐를 풀어 내보내는 일이 아버지께는 운명의 소임이었지만, 나만을 코뚜레에서 놓지 못하고 이승에서의 연을 놓으셨다. 더 이상의 시름은 당신의 육신을 던지는 것보다도 더 힘든 시련이었을까. 뚫기 어려운 코를 뚫는 것만큼이나 놓기도 싫으셨을까. 그런 뜻도 모른 채, 나는 무심하게도 스스로 코뚜레를 벗어버리고, 고삐 풀린 망아지가 되어 이곳저곳을 떠돌고 있다.

오늘날은 코뚜레가 보기 힘든 세상이 되었다. 보이지 않는 코뚜레가 있는 듯싶지만, 그것은 허울의 코뚜레였다. 자녀들은 부모로부터, 남편은 아내, 아내는 남편으로부터, 학생은 스승으로부터 코뚜레가 풀리고 있다.

코뚜레가 필요 없는 사회, 얼마나 기다리던 소망이었던가. 코뚜레에서 벗어난 우리는 얼마나 자유로운 것일까. 코뚜레가 풀리는 만큼 그들과 맺어놓은 인연의 끈이 놓이고 있는 것은 아닐까.

코뚜레의 굴레를 벗는 것만큼이나 나와 같이 있던 울타리와 멀어지는 것 같아 서글퍼진다. 나는 오늘도 이승에 계시지 않는 내 아버지의 코뚜레, 내 누이의 코뚜레를 그리워한다. 할 수만 있다면 다시 그들의 코뚜레에 매이고 싶다.

배려

     초등학교 5학년 때인가의 여름이었다. 동네에 나보다 나이가 너덧 살 많은 선배 형이 있었다. 그 형 집에서는 수박 농사를 지었다.

  하루는 그 형이 수박을 한 지게 지고 제법 높은 산을 향해 올라가고 있었다. 8부 능선쯤의 편편한 교회의 산상 부흥회를 하고 있었는데 그곳에서 수박을 팔기 위해서였다. 나와 친구는 지게에 있는 수박을 한 덩어리씩 들었다. 그리고 그 형의 뒤를 따라가기 시작했다. 올라가면서 몇 번인가 쉬었다. 칠월 말경, 복중 절기였으니 얼마나 더운지 얼굴이 확확 달아올랐다. 지게를 받쳐놓고 쉴 때마다 입고 있던 난닝구

(러닝셔츠) 자락을 위로 올려 얼굴에 흘러내리는 땀을 닦았다. 그 형은 웃으면서 오늘이 중복이라 더 덥다고 했다.

이윽고 목적지에 다다랐다. 지게를 받쳐놓은 그 형은 수박 한 덩어리를 주면서 우리보고 먹으라고 하였다. 우리는 수박을 받아 들지 않았다. 두 개를 들고 왔는데 하나를 우리가 먹는다면 너무나 미안했기 때문이었다. 그 형은 몇 번을 권하더니 우리가 계속 사양을 하자 버럭 화를 내면서 수박을 땅바닥에다 내동댕이치는 것이었다. 나와 친구는 산산조각 난 수박을 바라만 볼 수밖에 없었다. 아깝다는 생각이 들었다. 얼마나 먹고 싶었던 수박인데….

당시에는 그 형이 왜 그렇게 했는지 이해되지 않았다. 그저 힘들여 들고 온 성의를 무시하는 것 같아 야속하기만 했었다. 나중에야 그의 참뜻을 알고는 고마움에 젖었다. 그 형은 어떤 잇속을 따지기에 앞서, 우리가 함께해 준 것만으로도 고마웠고, 힘을 덜어 주려는 마음에 보답해야 되겠다고 생각했던 모양이었다.

퍽이나 어려웠던 시절이었다. 너도나도 끼니를 연명하기가 힘들 정도였으니까. 그래도 그때는 없는 형편에도 서로를 아우르는 정이 있었다. 옆집에 고구마 농사를 짓지 않은 걸 안 이웃에서 삼태기에 담아 가져다주는 것을 보았다.

"농사를 지은 집보다도 고구마가 더 많아." 하는 말을 그 집 어른한테서 들은 적도 있었다.

　나는 지금 초등학교 적 그 일을 생각하고 있다. 만일 그때의 상황이 똑같이 재현된다면 나는 어떤 선택을 했을까. 주는 수박을 쉬이 받아 들었을지도 모르겠다. 연륜이라는 걸 받아 놓으면서 챙긴 건 삶의 먼지들뿐이었으니까.

　일을 하기 전에 대가를 먼저 생각하고, 일을 해도 어떻게 하면 덜 줄 수 있을까를 생각하는 게 요즘 인심이다. 서로가 배려하지 않고 자기의 입장만을 생각함 때문일 거였다.

　배려란 물질적 가치를 제공해야 하고, 큰 힘을 들여 도와주어야만 하는 건 아닐 것이다. 그저 상대방의 처지를 알고, 같이 슬퍼하고, 기뻐해 줄 수 있으면 되는 게 아닐까. 비가 올 때 우산을 씌워 주는 것보다, 같이 비를 맞아주는 게 배려라 하지 않던가.

　누가 이런 이야기를 해 준다.

　저승사자의 잘못으로 한 사람이 억울하게 저승으로 불려 왔다. 그래 이승으로 다시 보내야 할 형편이었다. 염라대왕이 그를 불러 기왕 왔으니, 천당과 지옥이 어떻게 다른지 보고 가라고 하여 이끄는 대로 갔다. 한곳에 이르렀다.

　그곳 사람들은 둘이 마주 앉아 작대기만 한 숟가락으로,

각자가 음식을 제 입에 퍼 넣으려 애를 쓰고 있었다. 그들은 숟가락이 너무 길어 입에 음식을 넣지 못하고, 연신 헛손질이었다. 그들은 배를 곯는 고통으로 괴로워하고 있었다. 그곳은 지옥이었다.

다른 곳으로 이동하였다. 그곳에서는 똑같은 숟가락으로 마주 보고, 서로에게 먹여주고 있었다. 그들은 즐겁고 행복한 표정이었다. 긴 숟가락이라도 서로에게 먹여주니 가능했던 거였다. 그곳은 천당이었다.

천당이 뭐 별 곳이겠는가. 서로를 아우르며 사는 곳, 남을 배려하는 따스한 가슴이 있는 곳, 그곳이 바로 천당이 아니겠는가.

모내기

　　오랜만에 시외버스를 타고 나들이에 나섰다. 늘 애마 같은 승용차에 의탁하여 비좁은 도로만을 위태롭게 응시하다가, 여유롭게 차창에 기대어 밖을 바라보니 한결 마음이 푸근해진다. 널따란 들녘엔 노릇노릇 보리가 익어가고, 한쪽에는 이앙기가 달달거리며 열심히 모를 꽂고 있다. 예전엔 일일이 손으로 모를 내었지만 이제 기계가 그 일을 대신하니 참 편한 세상이 되었다.

　이앙기로 모를 내는 풍경을 바라보노라니 마음 한구석에 허전함이 스며든다. 현대문명의 자국이 농촌의 여기저기에 새겨지는 것 같은 안타까움 때문일 것이다. 그런 모습이 보일 때마다 가슴 깊이 숨겨 두었던 농촌 풍경이 하나둘 뜯겨져 나가는 느낌이 들기도 한다.

논두렁 목까지 찰랑대는 물이 사람의 발을 옮길 때마다 너울진다. 물속, 한 치도 들여다볼 수 없는 진한 흙탕물이다. 맑은 물만이 물이 아니라는 것을 깨닫는다. 때론 속이 훤히 보이는 맑은 물보다는 아무것도 보이지 않는 흙탕물이 묘미를 더 줄 때가 있다. 그 속에 무엇이 있는지도 모르고 성큼성큼 발을 옮기는 건, 미지를 향해 가는 신비로움이 있기 때문이다. 손으로 모내기하던 시절의 한 풍경이다.

이맘때면 고향에서는 모내기가 끝났을 것이다. 시골에서 모내기는 동네의 큰 행사 중 하나였다. 각자의 손으로는 해결하기 어려운 터라 모내기철이 되면 논 주인들이 미리 모여 일정을 잡는다. 동네의 좌장 격인 사람이 그전부터 해오던 예에 따라 순번을 정하므로 정해진 일정에 별 잡음이 없다. 이利를 별로 따지지 않는 순진한 농사꾼들의 이심전심으로 통하는 여유가 있기에 가능했을 것이다.

못밥이 내어지면 주인 양반은 바빠진다. 모내는 집과 상관없이 일하는 이들을 향해 들녘 여기저기에 손짓을 한다. 나이 든 이한테는 직접 찾아가서 정중하게 모셔오기도 한다. 지나가는 길손도, 따라온 강아지도 후히 대접을 받게 마련이다. 예전의 시골 인심은 못밥 인심이라 할 수 있을 것이다. 세상 인심 중에 못밥 인심만 한 것이 또 있을까.

오늘날의 현실은 그런 못밥의 미덕을 잃어가고 있다. 길을 가다 보면 사지가 불편하여 힘들게 몸을 가누며 손을 내미는 이들이 있다. 눈길을 한번 주면 좋으련만 못 볼 것이나 본 듯 외면하는 게 세간의 인심이다. 주변이 따뜻해야 나도 따뜻해진다는 이치를 모르는가. 예전의 소박한 농촌 인심이 그리워진다.

모내기의 대장은 못줄을 띄우는 줄잡이다. 적당한 간격을 짐작하여 못줄을 대면 일어섰던 이들이 일시에 허리를 굽히고 모를 꽂기 시작한다. 못줄을 대면서 그는 머릿속으로 하루의 일거리를 계산한다. 일이 밀린다 싶으면 한 줄을 다 끝내기 전에 '어이' 하고 구령을 외친 다음 못줄을 옮겨 속도 조절을 한다. 좀 재치가 있는 못줄잡이가 구성진 창이라도 한마디 거들면 모를 심는 이들은 허리 아픈 줄도 모른다.

못줄을 띄우는 것도 대장 맘대로만은 아니다. 못줄을 좀 멀리 띄우면 드물다고 한마디, 촘촘하면 간격이 좁다고 한마디다. 세상의 이치가 그러하듯 중심을 잡아가는 조화로운 이치가 모를 심는 곳에서도 적용된다.

예전의 농촌은 모든 것이 부족했던 시절에도 모내기 때만은 여유로움을 잃지 않았다. 논을 맬 때도 일꾼의 몇은 풍물로 일의 힘겨움을 달래는 주인의 배려가 있었다. 고개 중에 가장 넘기 힘들다던 보릿고개에서도 배고파 우는 이웃집 아이가 마음에 걸려 자신의 끼니를 나누어 주던 것이 이웃집 할머니의 마음이었다.

그렇게 여유롭던 시골도 이젠 예전의 농촌이 아니다. 밀려드는 수입 농산물의 시름에 눈물 흘려야 하고, 소작거리도 없어 초근목피로 연명하던 이들이 애써 장만한 논농사를 포기하는 지경에 이르렀다. 푸르기만 했던 농경지에 무성한 잡초를 바라보며 한숨짓는 이들도 늘어만 간다. 한때 젊은 아낙네들의 웃음꽃으로 가득했던 들녘엔 황량한 바람소리만 메아리 질 뿐이다.

수입개방을 반대한다며 머리에 붉은 띠를 두르고 도회지 한가운데에서 목청을 돋우는 모습이 연일 매스컴을 탄다. 수출로 경제를 이어가는 나라에서 어쩔 수 없다는 기사를 보면서, 내가 자란 농촌 사정을 뒤로한 채 나도 알량한 계산을 튕겨보는 처지가 되었다.

오랜만에 모심는 풍경을 바라본다. 그동안 도회생활에 묻혀 언제 모를 심는지 까맣게 잊어버리고 지냈다. 다시는 볼 수 없을 것처럼 바위에 음각하듯 가슴 깊이 새겨둔다. 아무 곳에나 들어가 모를 심고 싶다. 한 포기 한 포기 모를 꽂을 때마다 그동안 묻혔던 시골의 인심들이 소록소록 살아날 것이다.

폐교

우리 동네에 조그만 학교가 지어졌다.

밀밭 한 머리, 씨름을 하고 놀던 곳에 학교를 짓는다고 하여 무척 좋아했다. 기둥을 듬성듬성 세우고 대들보에 서까래를 대충 얹은 뒤 이엉을 올렸다. 학교라기보다는 가정집의 큰 행랑채라 해도 어울릴 만큼 작은 학교였다. 운동장과 국기게양대, 유리창이 있는 것이 다를 뿐이었다.

새벽부터 서두르지 않아서 편했다. 몇 발짝만 뛰면 집이니 학용품을 잊어버리고 등교해도 걱정이 없었다. 매사가 편리했으니까. 무엇보다도 안동네의 좁은 공간에서 활개를 치지 못하여 안달이던 우리들에게, 운동장이라는 커다란 공간이 더없이 좋았다.

교실 안은 정반대였다. 교실이 모자라 일학년 삼학년 한 반, 이·사학년 한 반으로 두 반이 전부였다. 형들하고 함께 공부하는 것이 불편했다. 세상에 이렇게 작은 학교가 또 있을까 하고 생각했다.

몇 해 전 고향 방문길에 그때의 학교를 찾았다. 그때보다는 증축이 되어 제법 학교다운 면모를 갖추고 있었다. 아이들의 어울림 소리가 들릴 것 같은 설레는 마음을 안고 교문 안으로 들어섰다. 그러나 옛날보다도 더 작게 보이는 학교는 이미 폐교가 되어있었다. 퇴색한 건물만이 널따란 공간을 쓸쓸히 지키고 있었다. 그래도 운동장 한쪽의 플라타너스 나무는 오래전에 주인이었던 나를 기억하는지 반가운 듯 팔을 흔들어 댔다.

창문을 통하여 들여다보니 교실 안은 먼지들이 잔뜩 쌓여 있었다. 폐교가 된 지 많은 세월이 흘렀음을 말해주었다. 문이 잠긴 건물의 기둥에 몸을 기댄 채 물끄러미 서 있었다.

반세기도 더 전의 세월을 거슬러 가고 있었다. 선생님의 풍금 반주에 목청 높여 노래 부르던 음악시간, 배가 고팠지만 누룽지를 나눠 먹곤 하며 소박했던 그 시절, 한 학기의 짧은 인연이었지만 소중했던 순간들이었다.

나는 그때 일생을 내 고향에서 할 것 같았고, 이 학교도 내 자식까지도 대물림하면서 다닐 줄 알았다. 하지만 고향을 등지고 산 지도 오래, 내가 다니던 학교가 폐교가 된 줄도 모른 채 가파른 삶을 살아왔다. 늦된 발걸음으로 마치 오랜만에 조상의 묘를 찾아본 것처럼 죄스런 생각이 들었다.

인적이 끊겨 잡초만 무성한 교정을 바라보며, 그냥 돌아서기엔 미련이 남아 한참을 서 있었다. 벽의 모퉁이를 돌아 반대편에서 누군가가 금시 나올 것만 같았다. 그때의 친구들이 내 이름을 부르면서 말이다.

이제 고인이 되신 누님, 쉰이 갓 넘었을 때의 일이었다. 내가 다녔던 학교, 지금은 폐교가 된 당신 딸아이 학교의 지붕을 새로 단장하기 위해 이엉을 엮고 계셨다. 누님은 뜬금없이 "지금 이 모양으로 죽으면 좋을 텐데." 하셨다. 의아해서 "왜요?" 하고 물었다. "지금 죽으면 사람들이 이 모습을 기억하고 있을 것 아닌감!" 늙어 추한 모습을 남들이 기억하는 것이 싫으셨던 모양이었다.

나는 누님의 죽음을 지켜보면서 그게 무슨 뜻인지 알았다. 곱고 인자하시던 누님이 마치 허물어져 가는 폐교의 모습으로 변해 감을 보면서 말이다.

갑자기 아침에 보았던 신문의 기사가 가슴 아프게 다가왔다. 어린 딸을 집에 가둔 채 학대하는 아이 엄마, 커지는 카드 빚을 감당하지 못해 삶을 등지는 이들, 어버이날에 달아 준 카네이션이 시들기 전에 버려진 할머니…. 모두가 마음의 폐교를 하고자 경쟁을 하는 것 같았다.

이제 한 집안의 가정도 핵 가정이 되어 모래알로 흩어진다. 서로가 바쁘다. 가족이란 연대의식만 있을 뿐, 모두가 혼자다. 온 식구가 둘러앉아 밥을 먹어본 적이 언제였던가. 그렇듯 아우름이 없는 사회, 가족이 없는 가정, 메말라가는 가슴, 이 모든 것이 폐교의 과정을 밟고 있는 것은 아닐까.

지금 이 시대는 극심한 사회붕괴현상의 통로를 지나가고 있는 게 아닌지 모르겠다. 단순히 지나치는 통로라고 한다면 그래도 희망은 있는데, 그렇지만은 않을 것 같기에 마음이 편치 않다.

누구나 한 번쯤 들어 보았을 폐교, 뿔뿔이 흩어져 사는 우리에게 폐교는 그 이름 자체만으로도 어린 시절의 애틋한 감흥에 젖게 한다. 학교의 문을 닫는 아쉬움은 있지만 그 기억은 낭만으로 남아있다. 하지만 마음의 폐교는 황폐함뿐이다. 우리는 마음의 학교를 열어야 한다. 황폐해 가는 가슴을 좀 더 따스하게 일구기 위해서라도.

한때는 폐교의 주인이었던 나도, 언젠가는 인생의 폐교

를 맞을 것이다. 나의 종말은 황량하고 쓸쓸한 폐교가 아니었으면 한다. 내 아이들이 언제든지 기댈 수 있는 마음의 고향, 비키 레안드로스가 갈망했던 '언덕 위에 하얀집'으로 남으면 좋을 것이다.

내리사랑, 치사랑

경주 안강장 어물전에서 뱀장어를 보았다.

내 고향(공주)에서의 밤고기는 냇가에서 흔히 나무를 자르는 톱의 굽은 등을 이용해 잡는다. 한 아이가 횃불을 들면 몇 아이들은 손에 기다란 톱이 들려 있다. 물고기가 횃불을 보고 다가오거나 잠이 들었는지 움직이지 않고 가만히 있는 고기를 톱의 등을 이용해 잡는 것이다. 밤고기(잡이)는 물높이가 사람의 정강이 정도로 낮고 물살이 세지 않아야 제격이다.

한 무리의 아이들이 냇가에 밤고기를 잡으러 갔것다!

여름 밤, 길을 나서는 아이들은 와자지껄 신이 났다. 날도 덥고 배도 출출하던 참이니 왜 안 그럴까. 마을 어귀 냇가에 신발을 벗고 들어선다. 고기를 발견하자마자 날렵한 손을 움직여 톱의 등으로 내리친다. 피라미, 구구리(동사리), 모래무지의 머리가 잘리거나 배를 뒤집은 채 떠 있다. 후당탕탕 서로가 집겠다고 난리들이다.

한참을 그러고 있는데 시커멓고 커다란 무언가가 쉬익~ 물결을 치고 지나갔다. 아이들은 그 순간 놓치지 않고 달려가 고기가 숨은 돌을 둘러싸기 시작했다. 커다란 돌덩이를 밀쳐내자 팔뚝만 한 뱀장어가 나타났다. 우리는 흥분했다. 붕어 꼬리만 보아도 마음이 설렜는데 뱀장어를 보았으니 일러 무엇하랴. 뱀장어는 또 자리를 피해 미끄러져 도망가고 있었다. 나는 도망치는 뱀장어를 잽싸게 따라가 톱으로 내리쳤다. 충격을 받은 뱀장어는 내 두 손에 들려졌고 이내 고기를 넣는 통으로 들어갔다.

모두가 신이 났다. 콧노래가 나오고 돌아오는 발걸음이 가벼웠다. 말로만 듣던, 그것도 팔뚝만 한 뱀장어가 저마다의 머릿속에 들어있으니 당연했다. 어두워 잘 보이지 않는

길에서도 서로들 한 번 더 보겠다고 머리를 디밀고 야단들이었다. 달빛에 비친 뱀장어의 배가 유난히 희어 보였다. 아지트로 돌아온 우리는 고기의 배를 따며 매운탕 끓일 준비를 했다.

나는 슬쩍 욕심이 생겼다. 고기를 장만하기 시작하여 마지막으로 뱀장어가 남았을 때 어렵게 말을 꺼냈다. 이 뱀장어를 내가 집에 가져가겠노라고. 아버지께 드리고 싶다고 말했다. 아이들이 좀 불만스런 표정이었으나 마흔이 넘어서 나를 나셨으니 당연히 우리 아버지의 연세가 많으셨고 당시엔 '어른'이라는 말이면 통하던 시절이어서인지 별말들이 없었다. 내가 직접 잡았다는 것도 한몫했을 거였다. 뱀장어를 들고 집으로 돌아오는 길, 꿈틀거리는 뱀장어를 보면서 내내 마음이 설레었다. 아버지께 효도할 수 있었기 때문이었다. 집에 와서는 늦게까지 주무시지 않고 기다리시는 형수님께 자랑하며 보여드렸다.

이튿날 아침상을 받았다. 아버지와 내가 받은 밥상에는 뱀장어가 없었다. 대신 형수님께서 "용현이가 잘 먹데요!" 하시는 거였다. 대여섯 살쯤 되었을까 하는 내 조카한테 먹였던 모양이었다. 나는 실망했다. 그리고 허망했다. 아버지께 드리려고 꺼내기 힘든 말을 해서 가져온 거였지, 다른 누구의 입에 들어가리라는 건 상상조차 안 했으니까.

　한 오십 년의 세월이 흐른 지금에 와서 그 생각에 잠긴다. 참 잘 다져진, 구도가 맞는 그림을 보는 거 같았다. 내가 아침잠이 든 사이 형수님은 어린 도련님이 뱀장어를 잡아왔다고 아버지께 자랑하셨을 것이고, 아버지께서는 연약해 보이는 어린 손주가 생각나셨을 터였다. 그러니 "얘야 그 뱀장어 용현이 달여 주거라." 하셨을 것이었다. 아들은 아버지를 생각하고 할아버지는 손주를 생각하는 건 당연한 이치였을 테니까.

　엊그제 아버지 제삿날이었다. 그 곡절을 알 턱이 없는 그 조카가 제기를 잘 닦아 마련하고 진설陳設에 정성을 다하는 모습을 나는 지켜보고 있었다.

　아버지께서는 손자의 치사랑을 느끼실 것이었다.

까치밥 유감

그땐 마을길 어딘가에는 감나무가 있었고, 가을걷이가 끝나고 겨울이 시작될 무렵, 그 나무에는 까치밥 몇 개가 달려 있었다.

까치밥에 대한 우리의 정서는 유독 강했다. 특히 외지에 나와 있는 이들에게는 그 무엇에 비할 수 없는 향수의 대명사였다. 까치밥은 빼내고 빼내도 마르지 않는 배려와 정의 화수분이요, 그리움의 젖줄이었다.

대저 까치밥이 지상紙上에 글줄이나 오르게 된다면 으레 푸근한 농촌 인심의 상징성이 부여된다. 까치밥에 연민이나 애환을 그리는 걸 본 적이 있는가. 그만큼 까치밥이라는 이름만으로도 궁색함이 감히 끼어들 수 없는 존재였다. 못먹고 못살던 시절에도 궁핍이 언제 있었는가를 지워주는 유일한 여유였다. 그래서 사람들은 자존심을 지켜주는 까치밥의 향수를 더 그리워하는지 모르겠다.

유감스럽게도 까치밥이 나에게는 그렇게 좋은 추억으로만 남아 있는 게 아니다. 내가 중학생 시절, 아버지는 환갑이 넘는 노인이셨다. 그러니 가을걷이를 마치고 감을 따는 일은 으레 내 차지일 수밖에 없었다. 형님이 계셨으나 외지에서 공직생활을 하시는지라 감을 따겠다고 일부러 오실 형편이 되지 못했기에.

찬바람이 일기 시작하면 감 망태를 지게에 얹은 채 산언저리 감나무밭으로 향한다. 아름드리나무에 올라서면 구름 한 점 없는 파란 하늘 앞에 탐스런 감들이 주렁주렁 매달려 있다. 맑은 하늘에 별처럼 박혀있는 선홍색 감들을 하나하나 따 나간다. 거의 마무리가 되어갈 무렵, 이때부터 나의 고민은 시작되었다. 까치밥을 얼마나 남겨야 하는지, 또는 어떤 걸 남겨두어야 하는지 얼핏 계산이 되지 않았기 때문이었다. 그저 실한 거 몇 개를 남겨 두면 될 텐데, 어린 것이 욕심이 꽤 많았던지 계산을 튕겨보는 거였다. 서너 개는 남겨두어야 보기에도 좋고 그 집 인심에 나은 점수를 받을 거였다. 하지만 나에게 까치밥 인심은 박했다. 큰 나무는 하나 둘이었고, 어린나무는 그나마도 없었다. 몇 개 달리지 않았는데 남겨두는 게 아까웠기 때문이었다.

아버지께서도 오면가면 감나무를 쳐다보셨을 것이다. 남겨둔 까치밥을 바라보시며 '그놈 욕심하고는.' 하고 어린 아들이 메말랐음을 걱정하셨을까, 아니면 참 살림꾼이다 하셨을까. 한편으론 신경이나 쓰셨을까 하는 생각도 든다.

몇 해 전 직장에 있을 때 한 후배 사원이 해준 말이 생각난다. 승용차를 몰고 가다 신호대기 중이었는데, 뒤따라오던 차가 실수로 추돌사고를 냈다. 내려 보니 범퍼에 자국이 나 있었다. 크게 손상된 것은 아니어서 그냥 오려 하는데, 상대편이 돈 몇 푼을 주기에 망설이다 받아 왔단다. 이때 동승했던 중학생 아들 녀석이 하는 말, "아빠! 그 돈 꼭 받으셔야 했어요?" 하는데 민망해서 혼이 났단다. 나는 속으로 그 녀석 속이 찼구나, 하고 생각했던 기억이 있다. 아마도 그 아이가 내 어렸을 때 그 상황이었다면 어땠을까. 새들의 먹이가 되고도 남을 만큼 남기는 여유로운 아이였을 것이다. 후배 아들의 마음을 닮은 까치밥 하나쯤 가슴에 담았으면 좋을 것이었다.

모두가 살기 어렵다고들 한다. 아이러니하게도 생활이

넉넉해질수록 그 마음은 상승곡선을 탄다. 제아무리 힘들다 한들 예전에 그렇게 넘기 어려웠다던 보릿고개만 하겠는가. 그 힘든 시절에도 가졌던 까치밥 마음처럼 주변도 돌볼 줄 아는 여유로운 날들이었으면 좋겠다.

시골길, 먼 산 밑 언저리에 감들이 빨갛게 익어간다. 늦가을 정취에 내 마음까지 곱게 물이 드는 듯하다. 그 감들을 바라보며 내 어릴 적의 기억 속을 더듬고 있다. 갑자기 얼굴이 달아오른다. 남들과의 다른, 지금 생각해 보면 별로 유쾌하지 못했던 그때의 일이었기에.

三一節 小考

　　오늘은 3월 1일, 기미독립운동 98돌을 맞는 날이다. 두 해 후에는 한 세기를 채우는 100주년이 될 것이다. 조정은 이 말에 현혹되고 저 말에 휘둘리어 제대로 방책을 하지 못해 나라를 빼앗겼었다. 그 암흑시대에서도 독립을 향한 민중의 열망이 온 천하에 드높이 표출되었던 날, 바로 그날이다.

　　때마침 텔레비전에서는 독립운동가 김경천 장군의 손녀 '김올가' 라는 이가 출연하고 있었다. 왜 '올가'인가 연유를 물어보니 연해주를 떠나기 전 도시의 이름, 이를 기념하기 위해 아버지가 지어준 이름이었다. 그래서 고려인들은 '올가'라는 이름이 많다는 거였다. 그 한 맺힌 사연을 잊지 않기 위해 그의 선친은 붙여 주었을 것이었다. 그 뜻을 모르는 나는 한심하게도 왜 이름이 올가였을까 의아해 했다.

연해주에서 중앙아시아로 강제 이주해 정착한 고려인 후손인 그는 카자흐스탄 인으로서 조국 한국을 방문했다. "할아버지 조국은 곧 내 조국이다. 조국의 번영과 행복하기를 바란다"라는 말을 하고 있었다. 고려인이라는 신분으로 이국인이 된 그들, 아직도 떳떳이 귀국하지 못하고 이국을 떠도는, 그러면서도 조국의 안녕을 기원하는 그들 앞에서 우리는 무엇을 하고 있는가. 한없이 죄송스럽다.

내 나이 올해 육십 중반이 넘었다. 나는 조국 대한민국을 위해서 무엇을 했는가. 선조들에 의해 오늘의 부를 누리며 편하게 살고 있는 나, 태극기를 들었는가. 촛불을 켰는가. 그렇다고 나라의 부강을 위해 헌신을 했는가. 몇 마디 할 말이 있다한들 변명일 뿐이다.

다만 하고 싶은 말이 있다면 우리가 처해 있는 현실에 대한 걱정이 좀 있다. 우리는 오늘의 조금은 넉넉한 살림에 안주하고 있는 것 같다. 세계는 경제 전쟁이라 할 정도로 각박한 시대에 처해 있다. 그 점은 모두가 알고 있고, 느끼고 있을 것이다. 우리는 그를 헤쳐 나가기 위해 어떤 노력을 하고 있는가. 혹자는 어제도 그제도 그 말을 했다고 하는 이들이 있다. 안일한 생각이 아닐 수 없다. 우리는 좀 더 나은 환경을 후손들에게 넘겨줘야 할 의무가 있다. 모두가 허리띠를 둘러매도 헤쳐내기가 어려울 판에 나라는 온통 이념으로 둘러싸여 전쟁 중이다. 힘을 합쳐도 안 될 판에 갈라져 주먹질을 해대고 있으니.

독립을 주장하며 선언서를 낭독했던 그날, 오늘도 광화문 한쪽에선 태극기를 한쪽에서는 촛불을 들고 마주선다. 이 기막힌 현실이 참으로 슬프기만 하다.

2부

짧은 만남, 깊은 인연

골목길 풍경

　'이제 쉬실 나이에 뭐 하러 그 더운 나라에 가 고생하려 하느냐'는 말이, 아직도 귓가에 맴돈다. 정년을 맞아 회사를 나온 뒤, 이런저런 일로 나름대로 바쁘게 보내고 있었지만, 그래도 어딘가 모르게 허전했다.

　베트남이라는 나라에 와 보니 그런대로 지낼 만했다. 걱정했던 음식도 입에 맞았고, 북쪽지방이라선지 생각보다 더위도 덜했다. 회사일로 좀 바쁘긴 했지만 그 덕에 내가 살아있음을 느낄 수 있기에 좋았다.

　바쁜 일상 속에서도 모처럼 맞는 휴일이면 때마다 이곳저곳을 방황하듯 돌아다녔다. 사람 북적이는 시장도 가 보고 한적한 시골동네도 여러 곳을 돌았다. 어렵게 얻은 이국 생활이니 좀 더 많은 걸 체득할 기회였으니까.

한적한 시골 마을, 골목마다 사람들이 있었다. 오가는 이들도 있지만, 대개는 이웃지기들이었다. 그들은 생면부지인 이방인에게 무척 친절하게 대했다. 처음 보는 이를 불러들여 차도 대접하고, 음식도 내놓곤 했다. 내가 한마디 하면 뭐가 그리 재미있는지 잘 알아듣지도 못하면서 깔깔거리는 통에 덩달아 웃곤 했다.

좁다란 골목길, 어떤 때는 소가 지나가고, 거위가 뒤뚱거리며 공간을 메우기도 했다. 예전에 우리 골목에도 그랬었지만 이젠 낯선 풍경으로 바라보고 있다.

내 어렸을 적에 선교사들이 가끔 마을을 들른 적이 있었다. 어쩌다 벽안의 이방인이 골목에 들어서면 신기한 눈초리로 바라보았었다. 그때의 모습이 저랬을까. 하지만 그들은 그때 우리와 다른 것 같다. 그들의 표정에선 두려움이 없고 여유가 있어 보인다.

골목길 양옆 울안엔 으레 채마밭이 있어 온갖 푸성귀가 골목길을 더 풍요롭게 해 주고 있다. 심겨있는 작물도 배추, 쑥갓, 호박, 옥수수 우리의 농촌 풍경과 별반 다를 게 없다. 담장 근처에 서 있는 바나나 나무가 우리와 사는 곳이 다름을 알려주고 있을 뿐이다.

진정 사람 사는 동네다. 우선 아이들이 있다. 골목에 아이들이 옹기종기 모여 있는 모습, 얼마나 그리던 정경인가. 그 모습을 처음 보는 양 가던 길을 멈추고 한동안 바라보기도 했다. 아이들도 두리번대는 내 모습이 신기했던지 울안에서 빼꼼히 내다보곤 한다. 어쩌다 눈이 마주치면 고개를 수그리기도 하고 어떤 아이는 싱끗 웃기도 한다. 꽤나 수줍음이 많은 아이들이구나 싶다.

골목길 깊숙한 한 집의 울안, 처마기둥 사이로 매어진 해먹에 아이가 누워있다. 할머니도 같이 걸터앉아 연신 아이의 머리를 쓰다듬고 있다. 아이는 어디가 아픈지 눈만 끔뻑거리고, 내려다보는 할머니의 눈빛은 사뭇 안쓰러워하는 표정이다. 할머니의 눈빛은 아이를 어서 낫게 해달라는 기도의 눈빛이다.

참으로 부러운 광경이다. 이런 걸 보려고 내가 오려고 했던가 싶다. 필시 없던 복이 느지막이 찾아온 거다.

골목길은 뭐니 뭐니 해도 아이들이 있어야 제격이다. 그래야 사람 사는 동네 같다. 아이는 장래가 있는 희망이기 때문이다. 아이들 소리가 난다는 건 미래가 있다는 말이 될 수 있겠다. 새싹이 돋아야 잎이 생기고 둥치도 커가게 마련이니까. 그렇다면 이곳 베트남의 앞날은 어떨까. 밝디밝을 것이 분명하다. 무한정 뻗어나갈 햇순 같은 저 초롱대는 눈망울들이 있으므로.

내 고향 동네 골목길은 어떤가. 어쩌다 한 번씩 가노라면 아이들 재잘대는 소리가 들리지 않는다. 들리기는커녕 언제 들어보았는지 기억조차 없다. 사람소리가 없는 골목길, 얼마나 쓸쓸하고 삭막한 일인가. 내 고향 골목길에 이른 봄 개나리 꽃봉오리 터져 와자하듯, 아이들 웃음소리로 환해지면 오죽 좋으랴마는. 혹여 내가 골목을 지나는데 숨바꼭질하다 갑자기 튀어나오는 아이와 부딪쳐 넘어진다? 더없이 흐뭇한 일일 것이다.

추억의 타래를 스치기만 해도 어느새 기억 사이로 헤집고 들어서는 골목길, 그 길엔 늘 그리움이 닿는다. '골목길 접어들~ 때에, 내 가슴은 뛰고 있었지~' 골목길에 들어서면 '가수 김현식' 그만 뛰는 게 아니라 내 가슴도 뛴다. 그 설레고 아련한 골목길은 언제나 거기에 있고 어머니와 어린 눈의 내가 나를 기다리고 있으니까.

햇기가 가시기 시작한 골목길, 길게 뻗어났던 그림자가 서서히 사위어가고 있다. 채워지는 어둠을 골목길에 맡겨두고 각자의 공간으로 젖어들 무렵이다. 이제 울안에선 하루를 마친 이들의 수런거림이 시작될 것이다. 안식이 깃든 골목길은 그들의 정겨운 소리에 귀 기울일 것이고.

골목길 풍경은 언제나 정겹다. 이역만리 타지라 해서 어찌 다를 수 있으랴. 잃어버린 모두가 그 속에 있는데.

돌아온 탕자

얼마 전 성당의 행사에서 연극이라는 것에 출연해 달라는 제의를 받은 적이 있다. 나를 보고 아버지 역할을 하란다. 아들 역도 둘이나 있건만 이제 나도 아버지 역을 해야 격이 맞을 정도로 나이가 든 모양이었다. 난생처음 해본 연극이었으나 그런대로 실수는 하지 않은 것 같았다.

맏아들은 아버지를 도와 충실히 집안일을 거드나 둘째 아들은 아버지에게서 돈을 얻어 집을 나간다. 큰 뜻을 펼쳐보겠다고 집을 나섰던 둘째 아들, 가진 것을 모두 탕진하고 힘없이 돌아온다. 오매불망 집 나간 아들을 그리던 아버지는 돌아오는 아들을 반갑게 맞는 것으로 끝을 낸다. 이름하여 '돌아온 탕자'다.

그 후 얼마 있다가 내게 그것이 현실이 되고 말았다. 내가 소중히 여기던 그놈이 내 곁을 떠나간 것이다. 그놈은 평소 나를 멀리하고 싶은 욕망으로 가득 차 있었는가 보다. 그렇지 않고서야 일언반구도 없이 그렇게 훌쩍 떠나버릴 수가 있다는 말인가.

그가 내 곁을 떠난 데에는 아무리 이유를 찾으려 해도 건덕지가 없었다. 평소 내가 그에게 인정스럽게 대하지 못하였고, 그렇게 애지중지하지도 않았던 것은 사실이다. 설령 그렇다손 치더라도 그런 것은 일상의 인정으로 메울 수 있는 일이 아닌가. 그것을 따질라치면 제 놈이 썩 내세울 만한 것 또한 무엇이란 말인가.

한편으론 그의 행동이 이해되기는 하였다. 그놈도 이제는 세상 물정을 알 수 있는 연륜이 되었고, 나와 함께한 지도 많은 세월이 흘렀으니 내 곁을 떠나보고도 싶었을 것이다. 찔끔찔끔 겨우 연명할 만큼만 양식을 채워주는 정도로는 양이 차지 않았을 것이다. 좀 더 나은 대우를 받고 싶었을 것이고, 제 스스로 독립하고자 하는 마음도 있었을 것이다. 마치 내가 청소년 시절 아버지의 품에서 벗어나고 싶은 때와 같은 심정이었는지도 모르겠다.

그렇다 하더라도 나는 그를 잊을 수가 없다. 그동안 쌓은

정은 가볍게 할 일이 아니기 때문이었다. 그는 늘 나와 함께했고 내가 어려움을 겪을 때 서슴없이 가진 것을 내어주던 그였다. 나도 비록 풍족하지는 못하지만 그의 주머니가 비면 언제든 채워주었고, 불편함이 없도록 늘 보살펴주었다.

나는 그가 내 곁을 떠났음을 알고 이리저리 그가 갔을 만한 곳을 찾아가 보았지만 허사였다. 허탈한 마음으로 집에 돌아와 노심초사 뜬눈으로 밤을 새웠다. 아무래도 그와의 인연이 다된 것은 아닌가 하는 생각도 들었다.

그런데 이놈이 웬일인가. 어느 버스 터미널 대합실 화장실 구석에서 쭈그리고 있다는 전갈이 꼭두새벽에 왔다. 그놈은 멀리 가지도 못하고 왜 하필 화장실에서 떨고 있었을까. 나는 서둘러 차를 몰고 그곳으로 달려갔다. 무슨 모진 정이 들었는지 차를 타고 가는 중에도 마음은 벌써 그에게로 다가가 있었다.

백 리가 다 되는 길을 단숨에 갔다. 허둥대는 나에게 빼꼼히 얼굴을 내미는 그를 보는 순간 그동안의 원망은 삽시간에 사라졌다. 잃었던 자식을 찾은 것처럼 반갑기만 하였다. 몹시도 초췌해 보이는 그놈은 겸연쩍어하는 낯으로 나에게 안겼다.

주머니를 뒤져보니 가지고 나갔던 돈은 하룻밤 사이에 이미 탕진하고 텅 비어 있었다. 그것으로 차라리 따뜻한 방에서 유할 일이지, 이게 뭐냐고 나무라고 싶었지만 접고 말았다. 저도 한 번쯤은 누구의 간섭을 받지 않고 마음껏 써 보고도 싶었으리라. 그리고 순간을 참지 못하여 행했던 일이 후회된다면, 뒤에 다시는 그러지 않겠노라고 다짐이 된다면, 그 또한 효용이 있는 것이 아니겠는가.

그 말을 전해들은 동료는 속을 썩이는 그놈을 이제 갈아치우라고 한다. 다른 친구는 덩달아 한마디다. 보아하니 고급스러운 것 같지도 않고 겉이 피어 이제 바꿀 때가 되었노라며, 궁상 좀 그만 떨라고 덧붙이기까지 한다.

내가 말하는 그놈은 모 백화점에서 한정판매 때 샀다는 오천 원짜리 지갑이다. 비록 적은 값으로 취한 물건이라 해도 나는 그놈을 내칠 수 없다. 그놈은 제 것인 양 가진 것을 모두 내주었어도 내가 사랑하는 큰아이의 사진만은 고이 간직하고 있었으며, 나를 잊지 않은 의리 있는 놈이었기 때문이다.

나도 탕자일 수밖에 없다. 어느 것 하나 내세울 것 없이 살아온 아들이다. 내세가 있는지 경험한 바 없어 알 수는 없으나, 내세에서 내 아버지를 만나면 아버지도 탕자인 나를 그렇게 반갑게 맞아주실 것이다.

뚜안

4박 6일 동안의 동남아 여행 일정 중에 발 마사지라는 아이템이 있었다. 마사지를 하려고 발을 씻으러 물을 떠 가지고 들어온 소녀 앞에서 나는 잠시 망설였다. 연약한 그에게 발을 내밀어야 하나 말아야 하나…, 남에게 신체의 일부를 맡긴다는 것도 그렇고…. 생각 끝에 괜히 혼자만 유난떤다는 소리를 들을까 싶기도 하고, 소녀가 무안해할 것 같아 아무 말 없이 발을 맡겼다. 그는 물로 발을 씻더니 수건으로 물기를 닦아낸 다음 가냘픈 손가락으로 발을 주무르기 시작했다. 발을 비틀기도 하고 힘을 주어 발가락을 당기기도 했다. 가끔 한국말로 "아파, 아파요?" 하고 묻기도 했다.

　발 마사지를 하는 동안 가만히 눈을 감고 내 어렸을 적의 회상에 잠겼다. 지금 내 눈앞에 남의 발을 만지고 있는 그, 딱 고만 했을 것이다. 그때만 해도 한 집안의 언니들은 가족을 부양해야 하는 몫이 주어져 있었다. 집안일은 물론 논에 모심기를 했으며, 가발공장에 나가기도 했고, 시집살이보다 더 고달프다는 남의집살이도 기꺼이 했다.

　도회지의 좀 배웠다는 이들은 서독에 간호사로 파견되는 기회가 있었다. 동생들의 주린 배를 채워주기 위해, 학비를 보태기 위해, 수많은 경쟁자를 뒤로하고 지구 서쪽 끝 벽안의 나라로 향했다. 그들의 일은 궂은일이었고, 때론 알코올 솜으로 시체를 닦는 일도 있었다. 역한 냄새와 무서움에도 참고 또 참으며 했을 것이다. 그들은 하루 열여섯 시간의 고된 일에도, 내 고생에 가족들이 먹고살 수 있다는 오로지 그 생각으로 모든 역경을 이겨냈을 것이다.

　내 발을 만지고 있는 이 소녀는 무슨 생각을 하고 있을까. 우리도 칡뿌리나 소나무껍질로 연명하던 그 비극적인 가난을 체득하면서 지내왔음을 그들이 알고나 있을까. 한때는 우리나라보다도 잘살았다는 그 나라의 소녀는 왜 낯선 이국인의 발을 만지면서 밥벌이를 해야 하는가. 도대체 이 나라의 위정자들은 무엇을 하고 있는가. 그런 저런 생각에 마음이 편칠 않았다.

그 순간 "곰 세 마리가…" 귀에 익은 노래가 들렸다. 우리 나라 어린아이들이 즐겨 부르는 동요가 소녀의 입에서 흘러나왔다. 약간 수줍은 듯 '히힉' 하고 웃으며 노래를 부르는 그녀의 표정이 그렇게 밝을 수가 없었다. 익숙한 솜씨로 부르는 노래를 나도 따라 불렀다. "한집에 있어 엄마곰 아빠곰…" 한 곡이 끝나자 이번엔 내가 선창을 했다. "퐁당퐁당 돌을 던지자" 따라 하는 그와 둘의 합창이 작은 공간을 부드럽게 흔들었다. 그에게는 내가 가졌던 무거운 그림자를 전혀 느끼지 못했다. 그저 내가 지내왔던 옛날의 회상에서 오는 가슴 아림이었는지 모른다.

말문이 트인 그는 나에게 이것저것을 물어보았다. 나이는 몇이며 가족은 어떻게 되느냐고. 그녀는 나에게도 그만큼 말해 주었다. 나이는 열여섯, 동생 둘에 아픈 어머니가 계시다는 거였다. 자기가 일해 동생들을 거두어야 한다고 했다. 이름은 뚜안, 미소 띤 얼굴로 말을 하는 그는 동생들을 위해 일을 한다는 걸 자랑스럽게 여기는 것 같았다. 예전의 우리 누이들도 그런 마음이었겠지. 명절 때 동생들 새 옷을 입히고는 흐뭇하게 바라보던 것처럼, 퇴근길에 모처럼 사 들고 온 '반쎄오'를 먹으면서 좋아하는 동생들의 모습을 바라보는 그녀, 하루의 피로가 봄눈 녹듯 하겠지.

주변의 동료들은 "어! 시원하다."라는 소리를 연발했다. 나는 발 마사지로 발이 시원하다는 것은 잘 몰랐지만, 가슴이 시원함을 느꼈다. 궂은일에도 앳된 소녀의 밝은 표정에서 그랬고, 일을 함에 대한 자부심 같은 것을 느꼈기 때문이었다.

일이란 무엇인가. 일에 귀천이 있는 걸까. 요즘은 일의 성과창출만을 중시하고, 없는 모양새를 만들려 애쓰는 세상이 아닌가. 그 소녀 앞에서 일의 가치와 경중을 저울질하는 것은 부질없는 노릇일 것이었다. 주변에 보탬이 되고 내가 즐겨서 하면 신성하고 소중한 일이 아닐까.

그로부터 많은 날들이 지났다. 지금도 샤워를 하고 나오면 가끔 뚜안을 생각하며 발을 쳐다보곤 한다. 한번은 뚜안이, 한번은 내가 선창으로 노래를 부르기도 하고.

손이 뜨겁던 날

베트남에서 한 젊은이의 시골집을 방문했을 때의 일이다. 여장을 풀고 나자 동네에 들어설 때 길목에서 잠시 보았던 호수가 생각나기에 그쪽으로 향했다. 다시 가서 보니 제법 큰 호수였다. 조각배도 떠 있고 주변 산 그림자가 병풍처럼 드리워진 게, 꽤 운치도 있었다.

아이들이 호수 수문 앞 웅덩이에서 올망졸망 낚시질을 하고 있었다. 낚싯대는 내 어릴 적에 그랬던 것처럼 기다란 나뭇가지에 줄을 동여맸고, 찌는 스티로폼을 적당한 길이로 잘라 사용하고 있었다. 나는 호기심이 동하여 한 아이한테 양해를 구하고 낚싯대를 건네받았다. -양해라고 해야 말이 통하질 않으니 눈짓으로 웃어준 것밖에 없지만- 낚싯바늘에 지렁이를 꿰어 물에 들였다. 얼마간을 기다리자 찌가 갑자기 쑥 들어가 낚아챘는데 채는 시기가 늦었는지 허탕이었다. 지켜보던 아이의 표정이 재미있었다. 살짝 웃는 폼이 '나 같으면 잡았을 텐데.' 하고 아쉬워하는 표정이었다. 내가 하는 행동이 꽤 어설펐던 모양이었다.

그러기를 몇 번, 또 찌가 한참을 내려가 얼른 낚싯대를 채자 후두둑 손에 무언가 감각이 왔다. 드디어 한 마리를 낚았다. 제법 씨알이 굵었다. 어설퍼 보이기만 하던 이가 한 마리 걸쳐 들자 곁에 있는 아이들과 지나는 이들이 '와아' 하고 환호를 해준다. 추임새까지 곁들이니 재미가 더했다.

몇 마리 하다가 영 그러고 있을 일이 아니어서 낚싯대를 어린아이에게 주고는 지갑을 꺼냈다. 낚싯대를 선뜻 내준 아이가 고맙고 예뻐서 돈이라도 좀 줄 요량이었다. 지폐를 내어 건네주니 사양했다. 나는 미안해서 그런가 보다 하고 강제로 손에 쥐여주는데도 한사코 거절했다. 순간 낯이 뜨거웠고 내민 손도 어찌할 방도를 몰라 했다. 참으로 민망했다. 고마워 그 표시를 무언가 해야 할 거 같아서 그랬는데…. 초등학교 삼사학년쯤 되었을까 하는 아이였다. 더 이상 그러는 것도 예의가 아닌 것 같아 손을 거두었다. "참 맹랑한

녀석이다." 하며 돌아오는 중에 나는 혼잣말로 뇌었다. "그는 이기고 나는 졌다." 그 아이한테 미안하다고 사과할 일이었다.

내가 딱 고만한 때의 일이다. 설 명절 때 동네 아저씨가 서울서 내려와 세배를 했다. 그 아저씨는 허리춤에서 무언가를 꺼내더니 빳빳한 지폐 석 장인 30원을 꺼내 내게 주시는 거였다. 지금 기억으로 "아닙니다." 하고 한번 정중하게 사양해본 것 같지 않다.(당시 우리 고향에서는 세뱃돈을 주고받는 문화는 없었다.) 그리고 많이 자랑스러워하고 고마워했던 것 같다. 그때까지 돈이라고는 누구에게도 받아본 적이 없는, 태어나 처음 받아보는 용돈이라는 거였다. 구를 대로 구르다 시골로 흘러 들어오는 돈이 아닌가. 그러기에 빳빳한 돈이 시골구석까지 들어올 리가 없었다. 그러니 얼마나 신이 났겠는가. 그 자리에 함께 있었던 나보다 몇 살 위인 그 아저씨의 동생이 샘이 나 나를 툭툭 치던 기억을 아직도 하고 있다.

그 아이는 나하고 달랐다. 왜 그랬을까. 자존심이었을까. 아니면 하던 낚시질을 방해해 기분이 나빴나? 그렇지는 않은 것 같았다. 잡은 고기를 내가 가져가는 것도 아니고, 한 마리 건져낼 때마다 박수를 쳐주었으니까. 형편이 좀 나은 나라에서 온 이의 허세로 생각함 때문이었을까. 아직까지는 그런 생각에 미칠 나이는 아니었어도 그렇게 생각했을지도 모른다는 생각이 들었다. 그 아이가 장하게 생각되었다. 그는 무척 커 보이고 그만큼 나는 작게 느껴졌다.

그 아이가 자라서 어른이 된다면, 이 광경을 어떻게 기억할까. 나를 떠올리며 그때 자존심을 지켰노라고 자랑스럽게 생각할 수도 있겠다. 마냥 좋아만 했던 나의 어릴 때를 견주어 보니 더 쪼그라드는 꼴이었다.

회사 현장을 둘러보고 간이 음료수 판매점에 앉아 쉬고 있는데 내가 근무하는 부서의 한 젊은이가 음료수를 사러 왔다. 주섬주섬 담는 걸 보니 삼십 명쯤 되는 인원에 대표로 온 모양이었다. 평소 음료수라도 한번 대접해야겠다고 생각했던 참에, 잘되었다 싶어 값을 치르려고 나섰다. "씬깜언(고맙습니다)." 하기에 받아들이는가 싶었는데, 막상 계산을 할 때는 나를 밀쳐내며 기어코 본인이 계산을 했다. 씬깜언은 마음만 받겠다는 의미였는가 보았다. 못 이기는 척하며 그냥 받아두면 생색도 나고 좋을 텐데…. 그 또한 민망했다.이래저래 손만 뜨거웠다. 금전의 용도를 분별하지 않고 재단하려 했던 내가 부끄럽기만 했다. 돈 뿌리를 함부로 내두른 죗값이었다.

스카브로우의 추억

"아 유 고잉 투 스카브로 페어" 이렇게 시작하는 스카브로우의 추억, 나의 고교 시절 한창 유행했던 노래였다. 청바지가 늘어가기 시작했고 도심에서는 경쾌한 포크 송에 발걸음을 맞춰가던 시절이었다. 그 노래를 유난히 좋아했다. 차분하고 호소력이 있어 좋았다.

엊그제 베트남의 한 지방에서 그곳 젊은이의 결혼 피로연엘 초대받아 갔었다. 실내인 듯, 실외인 듯한 곳에서 신랑 신부 또래들이 원탁을 앞에 두고 죽 둘러앉아 있었다. 이곳은 결혼식은 고향에서 하고 회사 친구들에게 인사치레로 피로연을 여는 경우가 종종 있다. 나도 한 귀를 잡고 불청객처럼 어색하게 앉아있었다.

그 순간 어디선가 귀에 익은 음악 소리가 들려왔다. 잔잔하게 흐르는 스카브로우의 추억, 나는 반색을 하며 들었다. 한 음절이라도 놓칠까 귀 기울이며 담으려고 애썼다. 오랫동안 잊고 있었던 노래였다. 많은 날들이 흐르는 동안 하나 둘 사라지고 잊혀가는 게 너무도 많았다. 그만치 멀리 와 있었다.

예전의 일들이 시골버스를 타고 오는 듯 덜컹거리며 다가온다. 막차를 타고 오는 이를 맞이하는 설레는 마음으로 그곳을 향해 달리고 있었다. 이제 아이들이 지나가도 누구네 집 아들이며, 회당 앞 덩치 큰 은행나무가 언제부터 있었는지 기억조차 아물한 어릴 때의 그곳으로 말이다. 어딘가에 나와 있다는 건 떠나온 곳이 있다는 말도 되겠고, 떠나갔단 말이 될 수 있겠다.

하필 그 음악이 왜 그곳에서 나왔을까. 내가 오는 줄 알고 누가 준비해 두었을까. 그럴 리가 만무했지만, 그 누구인가에게 고마워할 일이었다.

젊은이들은 할 말이 많았다. 시끌벅적 왁자한 분위기니 그들에겐 노래가 귀에 들어올 리가 없었다. 음악보다는 정겨운 이야기와 술 한잔이 더 가까이 있는 그들이었다.

내 옆 젊은 친구에게 그 곡을 아느냐고 물어보았다. 모른다고 했다. 1970년쯤에 유행하던 음악이라고 말해 주었다. 나이가 스물여섯, 그에게는 알기도 어렵고 처음 듣는 음악이었을 거였다. 그들이 태어나기 한참 전이니 영화 「졸업」의 주제곡이자 미국의 자국 참전을 비판하는 유명한 반전 가요였다는 걸 알 리가 없었다. 단지 셈을 해보니 태어나기 20년쯤 되겠다는 계산은 있었을 터.

내게는 달랐다. 한참 젊은 나이에 감성을 두드렸던, 잠시였지만 서양의 음악에 매료되었던 곡이었으니까. 나도 그럴 때가 있었다. 비가 오면 '빗속의 리듬'에 젖었고 눈이 오면 '눈이 내리네'로 쌓였다. 라디오가 전부였던 시절, 어쩌다 벤쳐스나 폴모리아 악단의 연주가 나오면 그날은 기분 좋은 날이었다.

나중 숙소에서 인터넷을 검색해서 다시 들었다. 사이먼과 가펑클의 노래를 사라 브라이트만이 부르는, 그 애절함을 듣고 또 들었다. 박인희의 음색으로도 들었다. 그 호소력 있는 목소리들은 천상의 소리였다.

내가 그 노래를 찾는 건 단순히 감상하고 싶은 음률 때문이었을까. 그 시절 그때로 걸쳐지고 싶어서였을 거였다.

언젠가는 도롯가 스피커에서 '엘 콘도로 파사(철새는 날아가고)'가 흘러나와 중얼거리며 걷기도 했다. 한국에서는 거의 잊힌, 반세기 전에 유행했던 팝송들을 오지인 이곳에서 들을 수 있다는 게 신기했다. 마치 타임머신을 타고 온 기분이기도 했다.

오래전으로 돌아갈 수 있어 좋았다. 추억이란 그런 것이다. 한때 유행했던 음악이 흘러도 그렇고, 지나다 돌담길이 보여도, 시원한 플라타너스 아래에 서 있어도 들춰지는 게 추억이다. 그 안에는 아무 때나 가고 갈 수 있는 길, 멀리 떨어져 있어도 가깝게 느껴지는 길이 있다. 그 길은 늘 온기가 있기에 더 그렇다.

켜켜이 쌓여 숙성될 대로 숙성된 와인처럼 시큼하면서도 감칠맛이 있는 게 추억이다. 좋았던 기억도, 슬펐던 기억도 모두가 아름다울 수 있는 건 추억 말고 무엇이 또 있을까.

나이가 들어도 나이에 대한 현주소를 못 느끼는 건 아마도 그런 추억의 되새김 때문인지도 모르겠다.

추억은 세월을 먹고 산다. 모두가 가지고 있지만, 손가락 지문처럼 내 것은 오직 하나뿐인 게 추억이다. 그 추억은 아버지의 살림이 곤궁할수록 엮어낼 게 많다. 추억은 언제 찍는지 모른 채 촬영되는 영상물로 저장되어 언제든 꺼내볼 수 있어 좋다.

주인공이라고는 그것밖에 없는 나의 영상물, 추억은 누군가를 떠올리게 하고 그립게 만든다. "그리움을 아는 자만이 자신의 행복에 감사할 줄 안다."고 했던가. 추억 속에 빠져들면 언제나 행복하다.

아이와의 유희

얼마 전 몇몇 지인들과 내가 아는 선생님 댁을 들렀다. 우리는 멍석을 깔아놓고 둘러앉아 이런저런 얘기로 시간 가는 줄을 몰랐다. 오랜만에 보는 멍석은 나를 어릴 적 기억으로 돌아가도록 해주는 좋은 매체가 되었다.

멍석의 말미 한편에서 서너 살쯤 돼 보이는 한 아이가 혼자서 놀고 있었다. 아이는 노스님의 손녀인 듯했다. 말이 혼자이지 아이로서는 가지고 놀 사금파리보다도 못한 어른들은 많아도, 같이 놀아줄 친구가 없다는 말이다.

아이는 엄마의 치마폭에 숨기도 하고, 두 손을 잡은 채 팔을 머리 뒤로 올리기도 하였다. 아이는 맑고 초롱초롱한 눈망울을 가졌다. 가끔 나와 눈이 마주칠 때면 못 볼 것이나 본 듯 이내 시선을 돌리곤 한다. 내가 무서워 보이는지 경계의 대상인 듯했다. 다른 이한테는 손가락으로 허벅지를 찔러보기도 하고 등을 툭툭 치기도 하는데 내 옆에는 얼씬도 하지 않는다. 나는 왜 푸근하지 못한 외모를 가져 이 아이에게 돌림을 당하는가. 아이는 그런 외모를 주신 내 부모님을 탓하게 하였다.

아이는 급한 양 뛰기도 하고, 쪼그리고 앉아 막대기로 알아보지 못하는 형상을 땅바닥에 그리기도 하였다. 아이는 무척 심심해하는 것 같았다. 아이의 무료함을 달래주려는 듯, 양 갈래의 머리에 달린 나비 모양의 예쁜 리본이 날아갈 듯 나풀거린다.

아이는 마치 어느 숲속에서 유희를 온 예쁜 요정과도 같았다. 맑은 눈동자, 하얀 피부, 오목조목한 손, 날개는 풀숲에 두고 온 님프였다. 그 아이의 눈망울은 깊이가 있어 보였다. 눈동자가 움직일 때마다 희다 못해 푸른 기가 드는 흰자위가 유난스레 맑아 보였다.

나는 어찌하여 그 아이와 인연이 되어 같은 자리에 있게 되었는가. 참으로 신비스런 일이 아닐 수 없다. 길을 지나다 말 한마디를 붙여볼 수 있는 것도 전생에 몇 겁의 세월을 같이해야 한다는데, 아이와 나는 얼마나 많은 세월을 같이했기에 이 기막힌 인연으로 닿아 있는가. 나는 그런 인연을 확인이나 하려는 듯 말을 걸어본다. "몇 살이야?" 손가락 네개를 펼쳐 보인다. 말은 하지 않았으나 그래도 손짓으로나마 대꾸를 해주니 다행이었다.

내 딸아이의 어렸을 적 모습에 끌려가고 있다. 딱 고만할 때의 일이다. 어린 동생에게 해코지하여 크게 혼을 내었다. 별일도 아닌데 아이를 혼낸 아비는 아이를 달래줄 생각을 아니 한다. 훌쩍거리며 울다가 그치고는 슬그머니 엉덩이를 들이밀어 내 무릎에 걸터앉는다. 짜식! 자존심도 없는가. 그제야 마음이 풀린 나는 미안한 마음으로 애를 꼭 끌어안는다. 이제 그 아이가 대학을 다닌다. 딸아이가 갑자기 보고 싶어졌다. 그 딸아이도 지금 나와 같은 생각을 하고 있을까.

아이가 돌부리에 걸려 넘어졌다. 님프의 아이는 인간 세계에서의 걸음이 서툰가 보았다. 아이는 넘어진 채로 옆을 돌아보고는, 주위 사람들을 보다가 엄마를 보면서 눈치를 살피었다. 엄마가 일으켜 주겠지 하는 심산인 것 같았다. '그래, 숲속에서는 엄마가 일으켜 주었지!' 하는 표정이었다.

주위에 앉아있던 몇몇 사람들이 앞으로 전개될 상황에 대해 궁금해하는 눈초리로 그들을 바라본다. '아이와 아이 엄마의 기싸움이 시작됐다'라는 추임새까지 넣고.

아이의 엄마는 "민주, 일어나라."라고 한다. 아이는 엎드린 자세에서 요지부동이다. 호수 같은 눈만 깜박일 뿐이다. 아이의 할머니는 아이의 표정으로 보아 제 스스로는 일어나지 않으리라 보였는지, "애 좀 일으켜 주거라." 하고 거드신다. 아이는 '이제 됐다.' 하는 표정이다. 할머니의 말씀인데…. 그래도 아이의 엄마는 "민주, 일어나라."라는 말만 해댄다. 이번 기회에 아이의 자립심을 길러주고자 했던 모양이다.

인정스런 할머니가 보다 못해 아이를 일으키려 하지만, 아이는 뿌리치며 오직 엄마의 손길만을 기다린다. 나라도 일으켜 주고 싶었지만, 할머니의 마음도 받아주지 않는데 내 손을 받아주겠는가 싶었다. 아이의 엄마는 버티기로는 안 되겠다고 생각되었는지 그 자리를 피해버린다. 아이는 엄마의 뒷모습을 보며 입을 삐죽대더니만 아앙~ 하고 그만 울기 시작한다. 엄마가 일으켜 줄 것으로 믿었는데, 자리를 피하는 엄마가 야속했는가 보았다. 만인들 앞에서 소박당한 것 같은 자존심에 더 서러웠을 것이었다.

아이는 할머니의 등에 업히어 자취를 감추고 말았다. 양갈래의 머리에서 놀던 노랑나비도 살랑거리며 함께 따라

105

갔다.

이제는 내가 시큰둥해졌다. 옆에서 다른 이들이 무슨 말을 하는지 귀에 들어오지 않았다. 아이는 지금쯤 울다 지쳐 잠들어 있을까. 금시 내 앞에 나타나 씨-익 하고 웃어 줄 것만 같다. 이제는 제법 친숙해져 말장난을 할 것 같기도 하다. 나는 아이와 말을 나누지도, 머리를 맞대고 손장난을 하지는 않았지만, 아이와 놀고 있었던 것이다.

나는 아이와의 유희 장면을 담아 두었다. 이따금 무료할 때마다 꺼내보며 유희를 즐기련다. 내 나이가 들어 거동이 불편해진다 하더라도 아이는 지금의 이 모습으로 나와 놀아줄 것이다. 나 혼자 즐기는 놀이이긴 하지만.

전화 속의 목소리

전화벨이 울려 수화기를 들었다.

"엄마는?"

둘째 처형의 목소리다.

"우리 엄마 돌아가셨는데요."

상대방은 말도 없이 전화를 끊는다. 한참 있더니 다시 벨
이 울린다. 이번에도 내가 받았다. 집에 무슨 일이 있느냐고
다급하게 묻는다.

"아무 일도 없는데요."

그런데 애가 왜 엄마가 돌아가셨다고 하느냐고 다그친다.

"우리 어머니는 돌아가셨잖아요."

그제야 처음에 전화를 받은 이가 나였음을 알고는 웃으면서 말한다.

"깜짝 놀랐잖아요."

좀 전에 동생하고 통화했었는데 갑자기 무슨 일이 생긴 건 아닌가 하고 심장이 멎은 듯하던 가슴을 다잡으며 다시 했다는 것이다.

집사람 친구들도 그럴 때가 있다. 나를 아들로 잘못 알고 그러는 줄 알면서도 농담으로 그런 대답을 가끔 한다. 내 어머니는 돌아가셨으니 나로서는 틀린 말은 아니다. 그러면 나중에 자기들끼리 목소리가 아들과 똑같다느니 그 아저씨 참 싱겁다느니 하는 말이 오가는 모양이다.

오래전의 얘기지만, 어떤 때는 내가 전화를 받자마자 "야! 너 빨리 안 나오고 뭐하냐!" 하고 다그침을 받기도 했었다. 고등학교 일학년인 막내 아이의 친구들이었다.

늦게 둔 아들 덕에 내가 16세의 소년이 되어 그런 전화를 받는 것이었다. 아이의 목소리가 늙게 들리는지 나의 목소리를 젊게 들었는지 모를 일이지만 기분이 나쁘지는 않았다. 확인도 해보지 않고 자기 생각으로만 말을 해대는 이들, 성숙하지 않은 에티켓을 탓하기도 하지만 그게 무슨 대수인가 싶었다.

전화도 일반 소유물을 대물림하는 것처럼 주체가 바뀌는 것 같다. 전화를 처음 들여놓았을 때, 걸고 받는 주인은 단연 나였지만 이제는 며칠에 한 번 올까 말까이다. 다음 순번으로 집사람한테 가더니만 이제는 막내 아이한테 오는 횟수가 많다. 나이가 들어가는지 웬만한 일들은 신경 쓰기를 싫어하여 그런 것 같다. 그러다가 생활이 단조로워져 무인도에 유배된 것처럼 주변에서 격리되는 건 아닌지 모르겠다.

본가나 처가에 노부모님이 계신 이들은 밤늦게 전화가 오면 섬뜩섬뜩해진다고 한다. 혹시 변고가 생겼다는 연락이 아닐까, 에서 일 것이다. 양가 부모님들이 안 계신 내게 그럴 일은 없지만, 외지에 아이들이 나가 있으니 한밤중에 오는 전화는 불안하기만 하다. 제 앞가림을 할 만큼 성장한 딸아이들이긴 해도, 험악한 세상이니 마음이 놓이질 않는다.

내가 아끼는 사람들을 잃을 때마다 전화로 연락을 받았다. 고향의 부모님이나 친구, 나보다 나이가 그리 많지도 않았던 두 분의 누이, 그중 얼마 전에 연락을 받은 50대 중반인 막내 누이의 부음은 내게 감내하기 어려운 아픔을 안겨 주었다. 어려서부터 나를 애틋하게 생각해 온 누이는, 전화로 내 목소리만 들어도 울먹였다. 나에게 한없이 베풀기만 했던 그는, 자신의 베풂이 늘 부족했다고 생각을 하였던 모양이었다. 거리가 멀다는 이유, 삶에 쫓기어 여유가 없다는 핑계로, 사랑스러운 동생 집에 한 번도 들르지 못했던 그였기에 더했는지도 모른다.

전화를 받고 한달음에 달려갔지만 하얀 국화에 둘러싸인 채로 단상에 앉아있는 누이는 무심히 나를 바라다볼 뿐 말이 없었다. 잔잔한 미소가 금시 나를 부를 듯했지만 끝내 입이 열리지 않는다.

부음을 받기 며칠 전 어떻게 지내는지 전화라도 한번 해보라던 집사람의 말 한마디가 높은 파고로 일렁였다. 그때 통화를 했더라면 죄스러운 마음이 조금은 덜했을 텐데 하는 미련이 떠나질 않는 것이었다.

수화기를 통해 들리는 목소리를 한 옥타브 낮추거나 다급한 목소리로 들릴 때는 영락없이 좋지 않은 소식이다. 나는 그때마다 전화통이 원망스러웠다. 저 전화기가 없었으면 모르고 지낼 것 아닌가 하는 미련을 가져보기도 했던 것이다.

이제 와 가만히 생각해보니 그런 소식이라도 전하게 해준 전화기에 고마워할 일이다. 전화 덕분에 부음이나마 전해 들을 수 있었고, 그동안 무심했던 그들에게 황급히 달려갈 수 있었던 게 아닌가. 좋지 않은 소식도 고마워할 줄 아는 나를 발견한다. 아픈 만큼 성숙해 간다고 했던가. 나이를 먹다 보면, 그런 삶의 응어리진 상처들을 메워가는 지혜를 터득해 가는 것인가 보다.

그렇거나 말거나, 다급한 목소리의 전화는 오지 않았으면 한다. 화급한 목소리라 하더라도 '이봐! 봄이 왔다우 봄이!'라든지, 설레는 마음으로 첫눈이 온다는 소식을 전하는 이들의, 생동감 있는 목소리는 언제라도 들렸으면 한다.

흰머리가 늘어만 가는 나에게는 사치스런 바람일는지 모르지만.

주말농장

아파트 주변에 주말농장이 있다. 서너 평씩 나뉜 밭은 마치 경지정리를 한 듯 잘 정돈되어 있다. 내 마음도 흐트러짐 없이 저렇게 반듯했으면 하는 생각이 든다.

밭 한자리를 얻어 아욱이며 상추, 고추 등을 심었다. 봄의 햇살을 듬뿍 받은 갖가지 씨앗들은 연둣빛 싹을 틔워 오순도순 잘도 자랐다. 하루하루 달라지는 모습을 보면 '밤새 훌쩍 커버린 아이'라는 어느 책이 떠올랐다. 다 자란 내 아이들을 볼 때마다 어릴 때의 기억은 어데 가고 훌쩍 자라 내 앞에 나타난 것만 같은 생각이 든다.

정성껏 물을 주고 보살피니 어느덧 푸성귀가 풍성하다.

세상일이 이렇듯 쉽사리 풀렸으면 얼마나 좋을까. 별로 신경 쓰는 일도 없이 물만 몇 번 주었을 뿐인데 이렇게 잘 자라주니 기특하기만 하다.

밭에 심는 작물로는 고추, 상추, 쑥갓은 물론이고, 토마토, 케일, 옥수수, 감자, 고구마, 토란, 우엉 등 그 종류가 헤아릴 수가 없을 정도로 많다. 마치 사람들의 마음을 제각각으로 드러내놓은 듯하다.

작물의 종류가 많아 좋다. 획일적으로 몇 가지만 심었다면 '그래 저런 것도 있지.' 하며 옛일을 들추지 못했을 것이다. 그래서 군軍이나 특수조직이 아닌, 일반 사회에서는 통일이나 획일적이라는 말을 꺼리는가 보다. 개개인의 선호도에 의해 심은 작물이 조화를 이루어 눈길이 더 가는 것이다. 어쩌면 그 조화가 사회의 균형이 되고, 그것이 통일된 하나의 국력으로 발산되는지도 모른다.

작년 가을의 일이었다. 농장의 많은 밭 중 유난히 눈길을 끄는 한곳이 있었다. 여름에는 밭의 앞줄에 봉숭아가 울긋불긋하더니, 가을엔 국화 송이가 자리하여 그윽한 향기가 온 밭에 여울졌다. 다른 이들은 무공해다 뭐다 하여 채소 한 포기라도 더 심으려 안달이었지만, 그 밭의 주인은 작은 밭의 한 자리를 비워 꽃을 가꿨다. 나는 그 밭주인이 두말할 것

없이 마음이 아름다운 젊은 여인일 것으로 생각했다.

그곳을 지나칠 때마다 그 밭을 유심히 바라보곤 했다. 그 밭의 주인은 노란 티셔츠에 긴 스커트를 입고 물을 주는 마음씨 고운 여인네일 것이라는 상상을 했다. 동네 길을 가다가도 그런 여인을 보면, 그가 주인공일 것이라고 생각해 본 적이 있다.

다른 일로 바빠서 두어 주쯤 거르다가 그동안의 밭 사정이 궁금하여 밭으로 향했다. 모퉁이를 돌아 밭에 이르자 시선이 제일 먼저 꽃이 있는 그 밭에 닿았다. 순간 나는 발길을 멈추었다. 물을 주는 여인을 발견했던 것이다. 차양이 기다란 모자를 쓴 여인이었다. 가까이서 보니 목에다 스카프를 매지도, 기다란 스커트의 여인도 아닌 연세가 그만하신 할머니였다. 할머니는 주먹만 한 송이가 주렁주렁한 국화에 열심히 물을 주고 계셨다. 아름다운 여인일 것이라는 상상은 일시에 사라졌지만, 그 할머니가 스카프를 맨 여인보다도 더 아름답게 보였다.

꽃을 기르는 여심의 할머니, 그 할머니의 모습에서 나는 돌아가신 어머니를 발견했다. 내 어머니는 집 안 장독대 옆 한쪽에 화단을 이뤘었다. 내가 자랄 때 몇 번의 이사를 하는 중에도 어김없이 화단은 만들어졌다. 어머니는 꽃을 직접 파종도 하였고, 이웃집에서 얻어다 심기도 하였다. 여름의 길목, 비가 오는 날이면 이리저리 화초를 옮겨 심느라 바빴다.

어머니는 왜 그렇게 꽃밭을 이루는 데 집착을 했던 것일까. 빈곤한 생활, 뜰 앞 화단의 만개한 꽃을 바라보며 마음의 풍요를 누렸는지도 모른다. 아마도 어머니께서 계셨더라면 그 할머니처럼 주말농장에 화단을 이뤘을 것이다. 오랜만에 보는 꽃밭은 어머니의 소중한 기억이 아리게 다가오도록 만들었다.

나는 어느새 그 할머니의 아들이 되어 물뿌리개가 찰랑거리도록 물을 길어다 드렸다. 어릴 적 내 어머니께 그랬던 것처럼.

올해에는 농장에 꽃밭이 보이질 않았다. 어머니 같으신 할머니도 뵐 수가 없었다. 이사를 하셨는지 거동이 불편하신지 소식을 알 바가 없다.

모두가 그 할머니처럼 꽃밭을 만드는 아름다운 마음을 가진다면, 각박하기만 한 이 공동체도 아름답게 변하지 않을까 싶다.

할머니가 짓던 그 밭은 여느 밭처럼 채소가 무성하게 자라고 있다. 언제 꽃이 심어졌었던가, 부정이나 하려는 듯 꽃의 흔적조차 없다. 지금쯤 국화 송이가 하나둘 망울을 터트릴 때인데…, 한곳에 할머니의 키만큼 자란 명아줏대의 잎들이 하늘거릴 뿐이다.

　푸성귀는 한 집 한 집 먹거리로 없어지지만, 꽃밭은 전체의 마음을 순화시키는 역할을 한다. 그 할머니께서도 그런 마음으로 꽃을 가꾸셨으리라. 나는 주말농장을 지나칠 때마다 그윽한 국화 향기를 기억하며, 그 할머니를 생각하곤 한다. 내 어머니를 그리워하듯.

짧은 만남, 깊은 인연

정년을 마치고 해외 파견 직원으로 입사하여 베트남에 온 지도 두 달이 되어간다. 회사가 대만 계열회사여서 관리자는 대만인들이고, 엔지니어는 베트남 젊은이들이다. 그동안 공산체제라는 선입감 때문이었을까. 베트남인들이 경직되었을 것이라는 생각과는 달리, 친절하고 밝은 표정이 퍽 인상적이었다. 얼마나 맑고 상냥한지 저들에게도 눈물이라는 게 있을까 하는 생각이 들 정도니까.

이곳 젊은이들이 다 그렇지만, 같은 소속으로 있는 '동'이라는 친구는 말이 없으면서도 더 믿음이 가는 친구였다. 한번은 그가 퇴근 후에 내 숙소를 찾아왔다. 그와 많은 대화를 나누었다. 말이 잘 통하질 않아 깊은 말을 나누진 못했지만, 서로를 각인하는 자리였다. 나는 집이 어디쯤이냐고 물었고, 가족에 대해서도 질문했다. 집은 이곳 하띤에서 360km, 부모님, 형과 여동생이 있다고 하였다. 하노이 대학에서 기계를 전공했다고. 집에는 자주 가느냐고 했더니 7개월 동안 가지 않았다고 했다. 나는 농담으로 '가족이 보고 싶지 않으냐'며 웃으면서 '불효자'라고 했다. 그가 무슨 뜻인지 몰라 고개를 갸우뚱하기에 다시 한자로 적으니 알아차렸다. 대만인들과 소통을 하려면 한자를 배워야 해서 그도 한자를 어느 정도는 알고 있었다. 순간 그는 머쓱한 표정을 지었다.

그의 자리가 내 옆자리여서 늘 마주한다. 나는 그에게 미스터 킴이라고 불리었다. 출·퇴근할 때마다 인사를 나누는데 하루는 서툰 우리말로 "선생님, 안녕히 가세요!" 하는 거였다. 순간 반가웠다. 우리말을 하는 것도 그렇거니와, 아무리 문화의 차이라고는 하지만 환갑이 넘은 사람에게 미스터 킴은 좋게 들리는 호칭이 아니었다. 그 후로는 더 친밀감이 느껴졌다. 그것도 일종의 배려였으니까.

한번은 어디서 배웠는지 "아바! 김아바!(아빠라는 표현인 듯)" 하고 부르는 거였다. 그때부터 나는 그에게 '아바'였다. 나도 친자식처럼 여겼다. 이것저것 챙겨주며 세심하게 대했다. 그리고 며칠 뒤, 그가 휴가를 간다고 내게 말했다. 그는 웃으면서 한자로 써주며 효자孝子 하러 간다고. 버스로 10시간 타고 간다고 했다(베트남 교통사정이 그렇다). 며칠 휴가를 얻은 모양이었다.

그가 집엘 다녀온 지 두어 주쯤 지났을까? 그 친구가 보이질 않아 다른 친구한테 왜 안 보이냐고 했더니 사직을 했단다. 나는 실망했다. 어떻게 말 한마디 없이….

그런데 며칠 있으니 그 친구한테서 메일이 왔다. 자기는 가족이 중요하고, 떨어져 있는 게 싫어 사직했다는 거였다. 이곳은 토요일 오후까지 근무한다. 집에 한번 가려면 10시간 이상 버스를 타고 가고 또 그렇게 와야 하니 특별한 휴가가 아니면 가기가 힘들었을 거다. 7개월 동안 가지 않은 게 아니라 가지 못한 거였다. 그가 왜 7개월이란 말을 몇 번이나 반복했는지 알 것 같다. 그때야 내가 한 농담이 생각났다. 불효자라는 말이 그에게 못이 되었는지도 모른다. 참으로 후회스러웠다.

Dear Kim A-ba!
당신을 만나게 된 것을 하느님께 감사한다. 그동안 친아들처럼 대해준 것이 너무도 고맙다. 당신이 보여준 감정이 진심이었다는 걸 나는 알고 있다. 나는 대학을 졸업 후 직장을 얻어 행복했고, 돈을 벌었으며, 지식을 쌓기 위해 노력해왔다. 하지만 가족과 떨어지는 것은 싫다. 그래서 어쩔 수 없이 선택했다. 매달 가족을 만나기 위해 집 근처에서 새 직장을 찾을 것이다.

내가 당신 곁을 떠나는 것은 너무도 슬픈 일이지만, 나를 이해해 주기 바란다. 나는 앞으로 당신을 만날 수 있을지 기약할 수는 없으나 늘 당신을 생각할 것이다. 당신은 마음속 깊이 존경하는 나의 두 번째 아버지다.

나는 앞으로 2년 동안 돈을 벌 것이고 열심히 영어도 배울 것이다. 그것이 충족되면 내 지식을 개발하고 연구를 하기 위해 호주나 영국, 아니면 서방으로 갈 것이다. 베트남은 가난한 나라다. 나의 오랜 꿈이요, 계획이다. 같이 성당도 가려고 했는데 죄송하다. 또다시 만나길 기원한다. Your son!

메일의 내용은 대략 이랬다. 가족과 함께하기 위해 과감히 직장을 떠날 줄 아는 용기, 가족의 소중함을 그에게서 배운다.

'베트남은 가난한 나라다.'라는 젊은이의 한마디가 나를 서글프게 한다. 꿈과 미래가 있는 그의 절규가 그들의 심장을 더 뛰게 할 것 같다. 그리고 그들의 어깨에 있는 베트남에 밝은 앞날을 가져다줄 것이란 믿음을 갖게 한다.

어느 시인은 '나도 누군가를 위해 기도해 줄 수 있는 사람이어야 한다.'고 했다. 나는 그를 위해 기도할 것이다.

그와의 인연은 여기까지인지 모른다. 만남은 짧았지만, 그 연은 돋을새김으로 남을 것이다.

추억의 기차여행

죽도록 그리우면 기차를 타라.

어둠이 밀려오는 밤이면 몸을 뒤척이는 그대를 보니, 무언가가 몹시도 그리운가 보다.

그렇다면 기차를 타는 게 좋겠다. 기차 여행은 누군가가 기다려 줄 것만 같고, 동행하여 마음을 다독여 줄 것 같지 않은가. 아득히 기억의 저편에 묻혀 있던 것들이 두런거리며 다가올 것 같지 않은가.

김밥과 삶은 계란 몇 개를 싸 들고 타라. 기차여행의 대명사라 할 수 있는 김밥과 계란이 없으면 왠지 허전할 테니까. 그것을 꺼낼 때마다 어머니와 아내의 따스한 손길이 느껴질지니 좋을 것이다.

홍익회 아저씨의 구성진 목소리는 여전할 것이다. "김밥 있어요~ 김밥, 오징어나 땅콩!" 끌고 가는 수레에 빵, 콜라, 계란 등 속이 가득할 것이다. 잦은 내왕에 불편하다고 짜증을 낸다든지 하면 아니 될 것이다. 그 사람의 목소리 속에는 여든의 노모가 계시고 아직 고등학생인 아들이 그의 수레를 바라보고 있을 테니까.

구미가 당기지 않더라도 귤 한 줄과 오징어 한 마리를 사라. 홍익회 아저씨의 가족을 위해서도 좋고, 예전의 정취를 떠올리기 위해서도 좋을 것이다.

옆에 젊은 여인이 있거든, 나누어 주라. 그 여인은 웃으며 받겠지. 이제부터는 그대도 혼자가 아닐 것이다. 귤 몇 개로 외롭지 않은 여행을 하게 생겼으니 그만한 이쾌도 없을 터.

이왕이면 문학적인 소재를 꺼내시라. 그녀는 감성을 지닌 그대에게 좀 더 친밀감 있게 대할 것이다. 도종환의 '접시꽃 당신'도 좋고 문태준의 '맨발'도 좋으리. 차창 밖에 눈이 내리거든 "잠 이루지 못하는 밤 고향 집 마늘밭에 눈은 쌓이리" 하는 박용래의 '겨울밤'이 좋겠다. 그 여인은 희끗희끗한 머리를 한 그대를 시골학교 국어 선생님쯤으로 알까? 내 그 장면을 생각만 하여도 웃음이 절로 나오네만.

대전역에서 쐐~액 하고 증기를 내뿜으며 정차를 하면, 가락국수를 찾으시라. 겨울이라야 제맛이 나는 가락국수, 하얀 김을 휘휘 저으며 국수를 내미는 전라도 사투리의 뚱보 할머니는 여전할 것이다.

가락국수 속에는 인생의 깊은 맛이 깃들어 있다. 돈푼이나 있는 이에게는 향수를, 주머니 사정이 넉넉지 않은 이에게는 싼값에 허기를 면할 수 있었으니 좋았다. 비록 삼 분 안에 후루룩 해치워야 하는 아쉬움은 있지만, 짧은 시간에라도 취하는 맛은 영화 속 '바베트의 만찬'보다도 더한 여유와 낭만이 어우러져 있질 않는가.

피곤하면 눈을 지그시 감고 세월을 거스르는 것도 좋으리. 어차피 여행은 추억을 가슴에 안고 하는 것이 아니겠는가.

스무 살 남짓 목포행 완행열차를 탄 적이 있었다. 야간열차였지. 옆자리엔 사복을 한 예쁜 여고생이 샘터 한 권을 들고 있었고. 그때만 해도 샘터 한 권쯤은 들고 다녀야 멋이 있는 것으로 아는 시대가 아니었었나. 내 잠시 빌렸다가 맨 뒷장에 메모를 남겼지. 기억은 없지만, 여백의 숨결과 향기가 묻어나는 여행 속에서 아름다운 추억을 만들라는 내용이 아니었을까.

외할머니 댁엘 간다는 그 학생에게서 편지가 왔다는 말은 입대 후에 들었지. 아쉽게도 그녀와 통하지는 못했지만, 지금도 앳된 여고생으로 남아 젊은 시절을 회상하게 하는 것도, 다 기차여행 덕이 아니겠나.

오랜만에 기차여행을 해보고 싶지 않은가. 일상은 저만치 접어두고.

요즘은 대전역의 가락국수도 증기를 내뿜는 기차도 없을 테지. 그래도 예전의 추억을 떠올리도록 하는 건 기차여행만 한 게 또 있으려고.

죽도록 그리우면 기차를 타라. 멀리서 아득히 들려오는 덜커덩거리는 소리, 빠-앙~ 하는 기적소리는 생각만 해도 가슴 설레지 않는가.

그 속에 그리운 이들도 있고, 닳아 없어진 세월의 흔적이라도 찾을 수 있으려니.

KTX의 빠른 열차라도, 마음만은 그 옛날 완행열차인 비둘기호같이 여유로울 것이니.

행상 아저씨

헬스장에 들어설 때는 어둠이 내려앉기 시작했는데, 마치고 나오니 별빛이 초롱초롱했다. 서천엔 초승달이 조각배처럼 떠 있고, 주변은 고요 속에 묻혔다. 기온이 초저녁보다는 제법 쌀쌀해져 한기가 돌았다.

집으로 돌아오는 길목에 소형 과일 차 한 대가 대어져 있다. 화물칸엔 칸델라 불처럼 작은 전구가 가물거리며 빛을 내려놓고 있었다. 흐릿한 불빛 속에 그림자처럼 어른거리는 사람이 보였다. 과일 차의 주인인 듯했다. 꼬물거리는 모습이, 내 어릴 적 밤늦게 초롱불을 켜놓고 쇠여물을 뒤적이던 이웃집 아저씨 같아 보였다.

먼발치에서 바라다보니, 과일 주인이 상자 위에 종이를 펴놓고 무언가를 열심히 적고 있었다. 추위를 대비한 듯 마스크를 하고, 털모자를 쓰고, 거기다가 안경까지 끼고 있었다. 그래도 그가 추워 보였다.

　그가 하고 있는 일이 궁금했다. 아마도 치부책에다 오늘 하루 동안의 셈을, 삶의 흔적을 옮기고 있는가 싶었다.

　얼마나 열중인가 내가 바투 다가가도 기척을 못 느꼈는지 돌아보질 않았다. 가까이서 보니 그가 열중인 것은 신문에 그려진 낱말풀이 퍼즐을 맞추는 일이었다. 추위에 떨어가며 희미한 불빛 아래서 꼼지락거리고 퍼즐에 글자를 메우는 장면이 퍽 인상적이었다. 나는 그가 하는 일에 방해될까 살짝 등을 돌려 발걸음을 시작했다.

　몇 발짝을 가다 되돌아와 한번 참견해 볼 양으로 숨소리가 들릴 만큼 더 가까이 다가갔다. 그는 여전히 눈치를 채지 못하였는지 문제를 푸는 데에만 골몰했다.

　순간 그가 푸는 퍼즐은 한 편의 시일 수도, 수필일 수도 있겠구나 싶었다. 아니, 삶의 고단함을 풀어내는 수기 같기도 했다. 그래 또다시 소리를 내지 않고 살며시 뒤돌아왔다. 작품을 구상하는 데 방해 놓는 실례는 범하기 싫었기 때문이었다.

내 주머니에 과일 한 봉지 꾸릴 몇 푼이라도 들어있었으면 달랐을지 모른다. 기척을 하여 돌아보는 그에게, 빈 웃음만 남기기에는 너무나 미안하다. 시를 쓰더라도 밥은 먹어야 하니까.

어느새 달님이 나를 따라오고 있었다.

씽끗 웃고 있었다.

마치 내 모습을 다 지켜보고 있었다는 듯이.

출근길 단상

베트남에서의 일이다. 아침 출근길, 회사버스를 타기 위해 줄을 서 기다렸다. 승객의 대부분은 언제 보아도 푸르기만 한 이십대 젊은이들이었다.

그들과 어울려 차를 기다리는 재미가 쏠쏠했다. 밝은 표정과 생기 돋는 웃음소리로 주변이 환했기 때문이었다.

버스가 도착하여 탑승이 시작되었다. 입석이 좀 남았는데 승차 행렬이 정지되었다. 앞 사람들이 앉아가려는 심산으로 승차하지 않았기 때문이었다. 오 분쯤 지나면 다음 차가 올 것이기에.

나의 대기 순번은 앞에서 네 번째였다. 하지만 나이깨나

든 이가 편히 가보겠다고 젊은이들과 함께 줄 서 기다리는 게, 좀 뭣해 앞질러 차에 올랐다. 앉아 가겠다고 줄을 서 있느니, 입석이라도 타고 가는 게 맘이 편하다는 생각에서였다.

그런데 문제가 생겼다. 통로 쪽에 앉아 있던 한 젊은이가 나를 보더니 얼른 일어나는 거였다. 말려도 말려도 꾸역꾸역 일어섰다. 꾸역꾸역 앉혔다.

버스가 출발한 뒤 시선을 둘 곳이 마땅치 않아 천장을 바라보며 생각에 잠겼다. 앉아있는 젊은이(베트남은 어른에 대한 공경이 각별하다), 그리고 주변 사람들은 얼마나 불편할 것이며, 상대적으로 나 또한 얼마나 불편한 존재인가.

다음 차를 탔다면 아무런 문제가 없었을 거였다. 순번에 따라서 앉아 갔을 거고, 다른 사람에게 불편함을 주지도 않았을 터였다. 나대로의 생각이 만들어낸 결과물이었다. 그 뒤로부터는 좀 일찍 나서려 애쓴다. 불편한 존재가 되지 않으려고.

나이가 든다는 건, 이것저것 챙길 게 많다는 얘기인가 보았다.

행복 기원

끝은 있게 마련인가 보다. 그간의 일들이 한 꺼번에 다가왔다. 내가 몸담았던 회사 직원들, 비록 시야에서 멀어져 있지만 그들은 아직도 내 앞에 있었다.

이십대의 젊은이들, '청년은 술이 없어도 취한다.'는 괴테의 말처럼 꿈과 감성과 열정이 있는 나이다. 이 생생한 이들과 오롯이 함께했다. 파릇한 젊음과 같이한 나도 그만큼 젊어졌을 거였다.

무얼 도와주겠다고 베트남에 온 지 채 2년이 되지 않았지만 내게는 황금기였다. 그것도 노년에 맞는 황금기라니 이무슨 횡재인가. 그러니 그들이 얼마나 고마웠겠는가.

현장에 가면 두 손을 공손히 내미는 이들도 있지만, 어깨 동무를 하기도, 무릎에 걸터앉아 등을 툭툭 치는 젊은이도 있었다. 참으로 천진한 이들이었다. 눈을 마주치면 그냥 지나치는 법이 없고, 눈인사라도 꼭 했다. 선생님, 선생님 하며 졸졸 따라다니는 이들 덕에 골목대장도 되기도 하고 나이 많은 스승도 되었다. 그런 그들과의 어울림은 짧지 않은 내 인생의 여정에서 얻기 힘든 행운이었다. 누가 나이 든 이에게 그토록 스스럼없이 대하겠는가.

처음 발을 디뎠을 때는 광활한 대지 위에 뼈대가 몇 개 서 있을 뿐이었고, 곳곳에 공사자재가 널브러져 있었다. 그 속에는 내가 무슨 일을 어떻게 해야 할는지 두려움도 곁들여졌었다. 그 어수선하던 곳에 공장이 들어서고 생산도 되고 있으니, 이제 그를 바라보는 것만으로도 흐뭇한 일이다.

일관제철소 건설, 비록 자국 프로젝트는 아니지만, 건국 이래 가장 큰 규모의 사업이라 했다. 그 속에서 나름 일역을 담당해보려고 찾은 곳이었다. 하지만 내가 얼마나 도움이 되었는지 모르겠다. 그 결과를 판단할 능력은 나에게도 있을진대 주판알을 이리저리 두드려 보아도 자신이 없다. 많은 걸 기대했을 그들에게 미안할 뿐이다.

현장에서의 마지막 날, 젊은이들과 한 사람 한 사람 포옹을 하고 공장 문을 나서는데 시야가 흐려졌다. 다시 올 수 없는 곳, 볼 수도 없을 이들이 아닌가.

돌아서며 두 손 모아 기원했다. 부디 그들이 바라는 것보다도 더한 성과가 있게 해달라고. 누구 하나라도 아프지도, 다치지도 않게 해달라고.

지내는 동안 일과 후 한국어를 배우겠다는 이들과의 일과 외 봉사활동은 백미였다. 퇴근 후에 내 거처로 찾아오는 그들과 마주하는 건 내가 살아있음을 의미하는 또 다른 숨결이었으므로. 생전 처음 대하는 이들이니 말이 잘 통할 리가 없었다. 그럼에도 한국어로 짧은 인사말이라도 건네는 걸 볼 때마다 돌 전의 손주들 입 떼는 거만큼이나 신기하고 고마웠다.

떠나기 전날 한국어를 배우던 이들이 작은 선물을 들고 내 숙소를 찾아왔다. 그들이 돌아간 뒤 선물 상자를 뜯어보니 노란 포스트잇에 한글로 이렇게 적혀 있었다.

"김 선생님!

여우진. 원정원, 원문동 드리다!

행북하세요! 감사합니다!"

비록 철자가 틀리고 글씨는 정갈하지 않았지만, 그 글을 보는 순간 가슴이 울렁거렸고, 고마웠다. 그렇게 표현할 수 있다는 증서가 아닌가.

사무실을 나올 때 몇몇 이들의 책상머리에 글을 써 붙여두고 나왔다. "행복기원幸福祈願", 그들이 알아보도록 내가 할 수 있는 건 그 한마디였다. 진정 행복하기를 바라는 마음도 담았음은 물론이다.

짐을 싸느라 분주하다. 두 달에 한 번씩 한국에 다녀왔고, 숙식을 제공받았는데도 짐이 많다. 공항을 통과하려면 무게를 줄여야 한다.

가방을 꾹꾹 누르다 손을 놓고 생각에 잠긴다. 생각해보니 이것저것 물적 짐만 챙겨두느라 애쓴 거 같다. 그들과의 좋은 기억을 더 많이 쌓아 두었으면 좋았을 일이었다. 검색대에서 통과 걱정할 일도 없고, 무게 초과 걱정도 없을 거였다. 짐이 동해바다만 한들 누가 뭐라 하겠는가.

그들의 영원무궁과 행복을 기원한다.

3부

이 가을에

긍정경험지수

어제 편히 쉬었는가.

어제 하루 존중을 받았는가.

어제 많이 미소를 짓고 많이 웃었는가.

어제 재미난 일을 하거나 배웠는가.

어제 즐거운 일이 많았는가.

#1

몇 해 전 'UN'이 제정한 세계 행복의 날을 맞아, 각 나라의 행복 수준을 가늠해보기 위해 갤럽에서 조사한 질문이다. '이들 질문에 "예."라고 답할 수 있다면 당신은 행복한 사람'이라는 제목을 달았다. 그 결과를 나라별로 순위를 매겨 발표했다. 우리나라는 어땠을까. 143개국 중 118위, 좀 산다는 나라 중에는 꼴찌였다. 가봉, 팔레스타인과 같이 가고, 아직도 전쟁으로 휘달리는 이라크도 우리보다 앞섰다.

형편이 좀 낫다는 이 나라의 행복 성적표가 밑바닥이라는 건 무얼 말해주는 걸까. 뱃속에 든 만큼 머리가 차지 않는 데에 보상받고 싶은 심리 때문이었을까.

우리는 무엇 때문에 열심히 일하는가. 소득이 늘어 생활 형편이 나아지면 행복해질 거다, 뭐 이런 이유에서가 아닐까. 하지만 행복과 부의 상관관계에서 꼭 비례적인 것만은 아닌 거 같다. 아이러니하게도 한국보다 국민소득이 수십 배나 뒤처진 아프리카의 우간다 같은 나라가 우리보다 앞선다는 게 그걸 말해준다. 그만큼 우리는 뭔가가 성이 차지 않는다. 바꾸어 말하면 늘 부족함을 느낀다는 얘기다.

우리는 가진 건 별로 없는데 열심히 일해 배고픔을 면했다. 예전 같으면 생각조차 못했던 승용차를 너 나 할 것 없이 굴린 지 오래고, 젊은이들은 카페라는 곳에서 무슨 라떼라던가 하는 생전 듣지도 못하던 비싼 커피도 스스럼없이 주문한다. 중년의 여인들이 근사한 찻집에서 차 한 잔을 시켜 놓고 앉아 담소하는 모습을 보면 퍽 행복해 보인다.

정작 그들에게 행복하냐고 질문해보면 쉽게 "예."라고 답하지 않는다. 왜 그럴까. 차 한 잔에 배곯는 이들의 며칠 치

양식을 허비하면서도 행복하지 않다? 그러면 무엇이 행복하게 하는 걸까. 가진 것만큼 행복한 것이 아니라면 과연 행복의 충족요건은 무엇일까. 우리는 어째서 누구의 말처럼 "아무도 병들지 않았지만 모두들 아프다."일까. 왜 시리아 난민은 웃고 있는데, 그들의 눈에 한없이 풍요롭다는 우리는 "언제나 힘들고 팍팍하다."일까.

#2

얼마 전 베트남의 한 촌락인 키안이라는 데를 방문한 적이 있었다. 특별한 볼일이 있어서가 아니고, 내가 터를 잡고 있는 주변의 사람 사는 모습이 궁금하여 둘러보고 싶어서였다. 길을 가는데 어느 노인이 우리를 불렀다. 그는 집 안에서 식구들과 둘러앉아 차를 마시던 참이었다. 마침 갈증도 나고 말도 좀 섞어볼 양으로 들어서자 의자를 내밀기에 앉았다.

세살쯤 되어 보이는 사내아이와 대여섯은 되어 보이는 계집아이가 있었다. 생김새도 비슷하여 남매려니 생각했다. 할머니가 아이들에게 번갈아가며 밥을 떠먹이고 있었다. 내가 참견하여 왜 스스로 먹게 하질 않고 다 큰 아이에게 떠먹이냐고 했더니, 할머니는 그저 웃기만 했다. 남매냐고 물었더니 여자아이는 옆집 아이라 했다. 이웃집에서 놀러온

138

아이에게 밥을 떠먹이고 있는 할머니, 참으로 인정스런 정경이었다. 생면부지의 지나는 사람을 경계함도 없이 대접해 보내는 그들의 여유는 어디서 나왔을까. 베트남의 행복지수는 우리보다 배는 앞섰다.

예전에 우리도 그랬었다. 행상을 다니느라 엄마가 집에 있지 않아 늘 이웃집에 놀러갔던 나에게 이웃집 아주머니는 감자도 쪄주고 손님이 와서 과일이라도 생기면 그 집 아이와 똑같이 나누어 주었었다. 만약 그때 긍정경험지수라는 잣대를 가지고 자질을 했다면 어땠을까.

#3

파라과이라는 나라가 행복지수 1위였다. 중남미에서 가장 못사는 나라, 빈부의 격차가 심한 나라, 부패지수도 엄청 높은 나라다. 그런 그들의 행복지수는 왜 높은 걸까. 그들의 행복조건은 특별할 것 같았는데 별것 아니었다. 불편해도 좀 참고, 그냥 어우러져 사는 것이라 한다니. 그런 걸 보면 행복이란, 대단한 무엇에서 찾아지는 게 아닌가 보았다. 바닷가 몽돌처럼 모난 데를 다듬으며 이웃과 어울려 지내는 게 행복의 원천일지 모르겠다.

뭔가가 부족하다는 느낌, 그것이 오늘날의 우리가 있게 한 밑거름이 되었는지도 모른다. 우리는 참으로 대단한 민족이다. 자원이 풍부한가. 국토가 넓은가. 그런데도 세계 10위권 경제대국을 이루었으니. 그러기까지 얼마나 뛰었는가. 맘 놓고 웃을 여유도 없이 일해왔다.

그렇다고 어찌 하루에 몇 번의 웃음도, 쉼도, 즐거운 일이 없었을까. "어제 웃은 적이 있는가?" 이 단순한 질문에 복잡한 걸 좋아하는 우리나라 사람들이 선뜻 "예." 하기가 좀 뭣했는지도 모른다. 그렇다면 이제부턴 조금 단순해지면 어떨까. "모두가 병들었지만 아무도 아프지 않았다."가 아니라 아프면 아프다, 즐거우면 즐겁다고 말하면 낫지 않을까. "걱정을 해서 걱정이 없어지면 걱정이 없겠네." 티베트의 속담이다.

이제 우리도 좀 더 행복해지는 방법을 찾아보면 어떨까. 남과 비교하며 멀리 있는 거 잡으려 애쓰지 말고 작은 것에서 찾는다. 일상들을 올 굵은 체로 걸러내 긍정적인 것은 거두고, 밑에 떨어진 부정적인 것에 신경 쓰지 않는다. 우스갯소리를 자주 해 내 주변을 웃게 하고 같이 웃어준다. 뭐 그러면 되는 거다. 행복은 뜬구름 위에서 애써 찾는 게 아니라 내옆 작은 공간에서 서로 부대끼면서 느끼는 것일 테니까. 하루에 한 번쯤은 작은 기쁨이라도 있을 것이다. 행복은 먼 미래를 위해 저축하는 게 아니라 했다. 그냥 오늘 쓰면 된다.

노란색의 미학

뜰 앞에 민들레꽃이 가득 피어 있다.

감히 끼어들래야 끼어들 틈이 없는 진노란색이다. 거기에 파란 무늬의 수술이 있다면, 그건 안 될 말. 기름과 물이라 할 정도로 겉돌 것이다. 그 순수함을 지켜주기 위해 다른 색이 끼어들지 않았으리. 삼매에 빠져 있는 이에게 방해될까 긴할 볼일이 있어도 참견하지 않는 것처럼.

어렸을 적부터 노란색을 좋아했다. 우선 밝아서 좋고 너무 난하지도 않아 좋았다. 노란색은 이것저것 아무것이나 받아들이고, 아우르는 듯한 여유가 있어 보인다. 밤하늘에 자리하고 있는 별들은 뭇사람의 가슴을 아우른다. 그 별은 어린아이들에겐 먼 나라를 동경하는 꿈을 주고, 나이 든 이에게는 묻어둔 그리움을 되새기게 한다. 노란색의 은은함이 있어 그럴 것이다.

한때는 노란색을 경계한 적이 있었다. 어릴 적의 이야기다. 한 아이가 노란색은 질투의 뜻을 가졌다고 했기 때문이었다. 남을 질투한다, 남이 잘하는 것을 괜히 시기한다, 그건 안 되는 일이었다. 그때부터 나는 겉으로는 싫은 척, 속으로만 노란색을 사랑하는 아이가 되었다. 질투를 의미한다는데 드러내놓고 좋아할 수는 없었으니까.

노란색이 질투를 의미한다는 말은 어디에도 없다. 잘못된 정보를 전달받아 생긴 일이다. 지금은 노란색을 드러내놓고 좋아한다. 누구에게 숨기고 말고 할 정도로 감성 있는 나이도 아니지만 내가 노란색을 좋아한대도 누가 신경을 쓸 리도 없다. 그래 맘 놓고 좋아한다. 앞에 가는 어린이가 노란 원피스에 노란 양말을 신었다. 산뜻하고 예쁘다. 갓 깨어난 병아리처럼 보드라운 느낌이다. 가서 꼭 껴안아 주고 싶다.

노란색은 경고를 의미하는 풍조가 있다. 부정적인 의미지만 경고는 고마운 신호이다. 마냥 파란불로 달리다가 갑자기 적색등이 켜진다면 어찌 될까. 돌이킬 수 없는 지경에

이를 수 있다. 나라의 경영에서도 그렇고, 개인의 건강에서
도 그렇다. 경고가 있어야만 사전 대비를 하여 더 큰 재앙이
오지 않도록 막을 수 있는 것이다. 누가 노란색을 경고의 색
으로 정했는지 잘한 일이다. 노란색은 우리에게 화를 당하
지 않게 하려고 그 색을 기꺼이 내어 주기도 한다.

지금 이 사회가 어떤 색이었으면 하는가 하고 묻는다면,
노란색이라고 말하고 싶다. 사람들이 묻혀 지내는 이곳을
색깔로 표현할 수는 없지만, 굳이 말하라 한다면 말이다.
우울한 회색이나 머리에 둘러 싸움을 연상케 하는 빨간색
보다야 백번 낫지 않은가. 노란색을 좋아하는 사람들은 표
정이 풍부해 사람들에게 따스함을 안겨준다고 한다. 그러
니 주변을 부드럽게 할밖에.

노란색은 생기를 돋워준다. 이른 봄, 파랗게 돋아나는 갖
가지 식물의 밑동은 노란색으로 시작한다. 노란 새싹이 오
르면 햇볕을 받아 파란 생명력을 가진다. 어두운 그늘에 노
란 햇살이 비친다면 곰팡이가 슬지 않을 거다. 슬픔에 젖어
있는 사람의 가슴에 노란빛이 스며든다면 그 슬픔도 금시
마를 것이다.

노란색은 환한 웃음이 있다. 봄이 시작할 무렵 동네 어디
쯤인가 피어 있을 개나리를 쳐다보라. 얼마나 화사하게 웃

는가. 환하게 웃는 웃음 속에는 어떤 마魔나 사邪가 있을 수가 없다. 못된 짓을 하면서 환하게 웃는 것을 본 적이 있는가.

스산한 가을, 내면의 갈증이 느껴질 땐 노란 햇살을 딛고 들판에 서볼 일이다. 눈앞에 펼쳐지는 황금물결은 바라보는 이에게 풍요를 준다. 바람이라도 일면 노란색의 물결은 휘모리로, 때로는 진양조로 넘실대어 지나는 이들의 양어깨가 들썩이게 하기도 한다.

유례없는 경제 한파로 힘들다고 온 세계가 난리들이다. 아무리 그렇다 하더라도 우리들의 가슴에 출렁이는 황금들판이 있다면 무엇이 두려우랴.

늙은 오이

집사람이 저녁 준비를 하는 중에 늙은 오이를 깎고 있다. 좀 앉아서 여유롭게 깎아도 좋으련만 싱크대에 걸터 서서 바삐 움직이는 손이 예전에 내 어머니께서 하시던 꼭 그 모습이다. 다른 게 있다면 재래식 부엌과 현대식 주방이랄까. 송송 채를 썰어 이런저런 양념에 식초 몇 방울 떨어뜨린 뒤, 버무려 식탁에 놓일 것이다.

나는 늙은 오이를 좋아한다. 맛도 맛이려니와 늙은 오이를 보는 것만으로도 어머니가 생각나고, 초년 농사꾼 시절의 고향이 떠올려져 좋다. 요즘 아낙네들이 쉽게 손이 가질 않는 늙은 오이를 장바구니에 담은 아내, 그도 나와 같은 마음이었는지 모르겠다.

입대 전 잠시 농사일을 하면서 소를 기른 적이 있었다. 너나없이 소를 치던 시절이라 소 먹이 풀을 집 근처에서 얻기가 힘들었을 때였다. 한 뗏거리를 얻으려면 지게를 지고 멀리 산 중턱의 논이나 밭두렁을 찾아가게 마련이었다.

풀 한 짐을 베어 바소쿠리에 얹을 때면 해가 서산마루에 걸쳐진다. 시장기가 돌아 주위에 있는 밭두렁을 훑어보면, 더러 오이가 보이곤 했었다. 잡초 속에 드러나 보이는 늙은 오이, 따서 한입 물면 시큼한 맛이 금시 입속에 배어든다. 등줄기가 시원해지는 게 하루의 피곤이 일시에 사그라지는 느낌이었다. 남의 것이기는 하나 크게 부담스럽지가 않은 것은 주인이 업으로 하는 것도 아니요, 서로가 그만한 아량쯤은 생각하는 터였기 때문이었다. 설사 주인이 본다 하더라도 "오이가 죄다 늙었네유~." 하면 그만이다. 그게 시골 인심이었다.

요즘에 어쩌다 농로나 들길을 걷노라면 소담하게 자란 들풀들이 지천임을 쉽게 볼 수 있다. 그것을 바라보노라면 모든 것이 부족했던 그때가 떠올려져 괜히 가슴이 아리다. 그 풍취에 어우러지고 싶어 옆으로 시간을 내어 들길을 걷는 때도 있다. "그래 그때도 저 속에 늙은 오이가 있었지." 하며

146

그곳에 없는 오이넝쿨 몇 가지 드리우기도 한다. 내 기억 속의 늙은 오이는 엄마 찾다 잠이 든 손자의 이마를 쓰다듬는 정감 어린 할머니의 모습이었다. 곁엔 언제나 연하디연한 어린 오이가 함께하고 있었으므로.

아내가 늙은 오이의 껍질을 벗김에 초가을 하늘빛 같은 상큼한 냄새가 입맛을 자극한다. 참견하여 한입을 물어보니 새콤하고 시원한 것이 예전의 그 맛이다. 먹거리가 변변치 못하여 길들여진, 애환이 담긴 맛일 터였다. 식탁에 찬으로 놓이매, 자리한 아이들에게 권해 보자 손사래를 친다. 피자나 콜라, 초콜릿의 달고 고소한 서구풍의 맛에 길들여진 그네들에게는 무리였을까? 음식문화로부터 의식까지 외세에 물들어 가치관의 혼돈을 겪고 있는 그들이다. 사는 형편은 몰라도 은은함을 미덕으로 아는 우리의 전통사상이 이어질 수 있을까 걱정이 앞선다.

사람은 늙으면 외모의 변화가 심해진다. 오이도 사람의 모습과 비슷하다. 껍질은 갈라져 촌로의 얼굴처럼 까칠하고 색깔도 연갈색으로 변하여 전형적인 늙은 모습이다. 여느 과일이나 채소는 익을수록 외모가 더 화려해지는데 오이는 그렇지가 않다. 그래서 오이는 익는다고 하질 않고 늙는다는 표현을 쓰는가 보다.

늙은 오이를 갈라보면 어김없이 잘 여문 씨앗이 가득 들어있다. 그가 그렇게 변한 이유는 태어날 2세를 잉태하는 산고 때문일 것이다. 사람의 늙음도 그와 비슷할 터인데, 그저 외모만으로 거부하려 든다. 의복이나 각종 장식물에 연갈색 계통의 색이 들여지면 노티가 난다고 싫어하는 까닭도 이 때문이 아닌가 한다. 색상의 선호가 바뀌는 것이야 입을 뗄 일이 아니나, 노색이라 멀리함이 노인을 공경하는 양속에 좋지 않은 영향을 줄까 염려스럽다.

얼마 전 성당에서의 일이었다. 머리에 허옇게 성에가 얹어진 할머니 한 분이 앉아 계셨다. 그 할머니는 늙은 오이처럼 피부는 군데군데 각질이 드러나고 등이 굽은 모습이었다. 갈라진 피부의 틈새에 온갖 풍파가 스며있는 듯했다. 할머니는 자리가 비어있는데도 의자 끝에 엉덩이의 반쯤을 걸친 채로 엉거주춤이셨다. 옆에 자리한 내가 "이쪽으로 더 오세요." 하니 조금 옮기는 척만 할 따름이었다. 똑같은 의자에 앉아 미사를 드리는데 왜 그분은 당당하게 자리를 차지하지 못하고 미안해하는 마음으로 앉으셔야 했을까. 시종 정성스레 합장하며 무엇인가를 열심히 기구를 드리는 그 할머니도 늙은 오이를 닮았었다.

근대화 이후, 핵가족이라는 새로운 단어가 생겨났다. 개인의 편리성만 추구하는 핵가족이라는 용어 아래 노인들이 점점 소외되어 간다. 내 주변에도 그런 분들이 많다. 손발이 굳은살로 도배되고 누렇게 뜬 피부를 가진 늙은 오이를 닮은 이들이다. 고난의 세월을 억척으로 이겨내셨을 할머니 할아버지, 망가진 그 모습에 풍족한 오늘의 우리가 있을 터였다. 오직 희생만을 미덕으로 알던 그들은 모두를 다 내어 주어 가진 것이 없다. 어미가 죽는 줄도 모르고 열심히 어미의 살을 파먹으며 자라는 우렁이의 새끼처럼 모든 것을 받아 쥔 우리다. 우리는 그들을 위해 무엇을 하고 있는가.

새로 들어선 아파트촌, 시장의 귀퉁이에 한 노파가 전을 펴고 앉아있다. 앞자락에 놓여있는 늙은 오이 몇 개가 할머니와 눈맞춤하는 양 하고 있다. 젊은 아낙들이 손님이어선지 모두가 그냥 스쳐 지나간다. 나는 노파와 늙은 오이를 번갈아 바라보면서 한참을 머물렀다.

노파도, 늙은 오이도, 바라보는 나도 슬프다.

맑고 향기롭게

승용차로 출근하는데 갑자기 다른 차가 내 앞
으로 끼어든다. 놀라 가슴을 쓸어내리고 있는데, 그 차의 뒤
창에 '맑고 향기롭게'라는 문구가 보인다. 이내 내 마음은 평
온을 찾았다. 맑고 향기롭게, 라는 그 문구를 되새기며 '더
급한 일이 있겠지.' 생각하니 마음이 편해진 것이다.

'맑고 향기롭게' 얼마나 아름다운 말인가. 이 말보다 더 좋
은 표현이 있을까. 맑은 물에는 향기가 없지만 맑은 마음, 맑
은 모습엔 향기가 피어난다.

까르르 갓난아기의 웃음소리가 들린다. 청잣빛 같은 맑은
소리다. 갓난아기의 해맑은 얼굴에서 향기가 난다. 벌과 나

비를 유혹하기 위해 내는 꽃의 향기가 아니다. 아무런 욕심이나 근심이 없어 마음에 평온을 주는 다가가고 싶은 마음이 일게 하는 향기다. 아무리 같이 있어도 취하지 않고 싫증이 나지 않는 향기다.

지체부자유자가 다니는 학교에 봉사를 간다는 이를 본 적이 있다. 그는 "말이 봉사이지 배우는 게 더 많아요."라며 웃는다. 얼마나 맑고 향기로운 말인가. 봉사라는 나눔을 주는 그들, 남아서 덜어 주는 자선이 아니라 내 마음을 나누는 그는 진정 향기를 만들어내는 사람이다.

낮엔 건설 현장에서 추락해 재해를 입었다는 이를 만났다. 일주일에 한두 번은 그를 만난다. 그는 사지가 불편해 어느 것 하나 자기의 의지대로 움직일 수가 없는 사람이다. 오랜 투병생활은 그의 곁에서 모두를 떠나게 했다. 형제도 떠나고 친구도 떠났다. 20년의 세월을 그렇게 지냈다고 하니 누군들 그 옆을 지킬 수 있었겠는가.

나는 그를 볼 때마다 나의 몸이 성함을 감사하게 느낀다. 그리고 그 앞에서 불편함 없이 행동할 수 있는 것이 미안하기도 했다. 그도 나와 같이 거동하고 싶으면 하고, 가고 싶은 곳에 갈 수 있으면 좋으련만….

어느 날 그에게 친구라는 이가 찾아왔다. 친구를 목욕시켜주기 위해 왔다는 거다. 울산에서 이곳 포항까지 새벽부터 달려왔다고 한다. 집사람에게는 출근한다고 핑계를 대고, 회사는 휴가를 냈고… 움직이는 모습으로 보아 자신도 그렇게 성한 것 같지는 않았다.

천장에 매달아 놓은 줄에 의지해 겨우 상반신을 일으킨 환자는 "뭘라고 왔노." 미안해서인지 퉁명스런 한마디를 던진다. "니 볼라꼬 왔제." 웃음으로 받아넘기고는 익숙해진 손놀림으로 친구를 휠체어에 옮긴 뒤 병실 밖으로 밀고 나갔다. 그가 나간 뒷자리엔 천사의 모습과 같은 잔영이 맑은 향기로 오랫동안 남아 있었다.

그도 재해를 입어 같은 병원에서 입원했던 것이 인연이 되었다고 한다. 그저 같은 병원에 입원했다는 것만으로 자신보다 더 불편한 친구를 돌보는 그였다. 그의 말에서는 크리스털 부딪는 소리보다 더한 맑음이, 그의 마음에서는 재스민보다 더 은은한 향기가 묻어 나오는 듯했다. 그 어떤 사람의 말씨가 이렇게 맑을 수 있으며, 마음에서 배어 나오는 내음이 이토록 향기로울 수가 있으랴.

맑음이라는 것은 끝없는 자기 절제와 정화가 있어야 가능한 일이다. 맑음은 곧 비움으로 통한다. 구름 한 점 없는 맑은 하늘, 흙탕물이 아닌 맑은 물, 사심이 없는 맑은 눈동자,

모든 것은 비움이 있기에 맑음으로 채워지는 것이다.

잘 익은 술은 은은한 향기가 있다. 포도알이 곰삭아 뭉그러지는 고통이 있는 뒤라서 맑은 향기를 낼 수 있을 것이다. 살을 에는 혹한에서도 몸을 추스르고 버틴 뒤에 피어나는 꽃이 더 아름답고 향기롭다. 그래서 봄에 피는 꽃이 더욱 향기가 있는지 모르겠다.

목도리녀라는 말이 인터넷을 달궜다고 한다. 어느 여대생이 거동이 불편한 할아버지가 추워 보여 목도리를 걸어 드렸는데, 누가 사진을 인터넷에 올려 화제가 됐다는 것이다. 선행한 여대생도 그러하지만, 그 장면을 찍어 인터넷에 올리는 마음씨도 착하다. 향기를 풀풀 내고 다니는 사람들이다.

진정한 향기는 사람한테서 나온다. 장미의 향이 아무리 좋다 한들, 사람에게서 나는 향기에 비할 수 있을까. 몸에 뿌리는 향수는 물리적인 향을 발산할지라도, 정으로 닿는 마음의 향이 우러나지는 않는다. 사람의 내면에서 우러나는 향기가 진정한 향기일 것이다.

향기는 시의 다른 이름이라고 어떤 이는 말했다. 소리 내어 말하지 않아도 많은 것을 말하니까. 시처럼 드러내지 않으면서도 세상을 아름답게 물들이는 사람, 그들은 맑고 향기로운 사람들이다.

보문로의 아침 풍경

　　내일이면 유월, 계절의 경계선에 있는 보문로의 아침은 푸성귀 같은 신선함이 있다. 길옆으로 늘어선 풀잎의 연초록 빛깔이 달빛을 머금은 듯 은은하다.

　솔잎 끝에 머물고 있는 이슬방울이 아침 햇살에 반짝인다. 스스로 발하는 것이 아니라 받아서 내는 빛이라 더 아름답다. 아무리 귀한 보석이라 해도 제 스스로는 빛을 내는 법이 없는데, 그런 걸 잘 아는 사람은 모두가 빛을 내려 애를 쓴다.

　"겸손한 사람은 자기 자신에 대해 결코 말하지 않는다."라는 '라 브뤼예르'의 말이 오늘따라 가슴에 와닿는다. 결코 빛을 낼 것이 없는 나 자신도 빛을 내려 애썼음은 마찬가지였기에 더 그럴까.

보문로의 아침 길거리, 산책하는 이들의 얼굴이 환하다. 삼삼오오 무리를 지어가는 이들도, 잡은 손을 흔들며 걸어가는 젊은 부부도, 모두가 밝은 빛이다. 무엇이 그렇게 재미있는지 하하 호호 웃음소리도 밝다. 나도 저 속에 어울려 걸으면 그들처럼 맑은 모습이 될까.

골프장인 듯 반듯하게 다듬어진 잔디밭이 눈앞에 펼쳐진다. 연한 녹색의 보드라움은 착한 여인네의 숨결이 풍기는 것 같아 좋다.

멀리 홀 컵을 향해 골프채를 휘두르고 있는 이는, 퍽이나 여유롭게 보인다. 그들은 숨조차도 몰아쉴 정도로 바쁜 일상에서, 하루쯤은 여유롭게 보내고 싶어 틈을 내어 왔을 거였다. 때로는 사치성 운동이라고 뭇사람들로부터 지탄받을 때도 있지만, 오늘만큼은 그들 편에 서고 싶다.

나는 골프채 한 번을 잡아보지 못했다. 더구나 그들처럼 필드를 넘나드는 것은 언감생심 꿈엔들 생각조차 했으랴. 하지만 오늘은 그들을 바라보는 것만으로도 모든 것을 소유한 것 같은 풍요가 느껴진다.

한 할머니가 바퀴가 달린 까만 그늘막을 끌고 간다. 잔디

밭에 잡초를 제거하는 데 사용하는 기구란다. 잡초를 제거할 때 받쳐놓으면 햇볕도 받아주고, 골프공이 날아오면 막아주는 역할도 한단다.

그늘막을 끌고 가는 할머니, 그 할머니는 온갖 풍상을 겪었음이 한눈에 들어온다. 땅에 닿을 듯 구부러진 허리, 깊게 파인 주름살, 뭉뚝해진 손가락, 모두가 힘들었던 자취들이다.

할머니는 끌고 가던 그늘막을 받쳐놓고 담배 한 대를 피워 문다. 먼 산을 바라보며 독백을 하듯 한마디 던지신다.

"어디서 오셨우?"

칠십이 넘어 보이는 연세에도 힘들게 그늘막을 끌고 다녀야 하는 것이 나를 슬프게 한다. 이 나라를 이렇게 풍족하게 이루어 놓았으면 이제 제대로 대접을 받으며 여생을 즐겨도 될 텐데….

자신들을 위해 삶의 여유를 비축해 놓을 수 없었던 지난날들, 고통스럽도록 힘겨웠던 과거사를 저렇게 매일매일 담배 연기로 살려 보내는지도 모르겠다. 자식 치다꺼리에 진 빚을 갚을 때마다, 감회 어린 심정으로 장부에 적혀있는 글씨를 지웠던 것처럼.

멀리서 골프채가 휘둘러질 때마다 은빛 번쩍임이 눈부시

다. 이를 느꼈음인지 할머니의 시선이 골프를 치는 이들에게 닿는 것 같았다.

그 할머니는 꽉 죄는 티셔츠에 하얀 장갑을 끼고 골프채를 휘두르는 젊은이들을 보며 무슨 생각을 하실까.

할머니의 입가가 벌어지며 얼굴에 미소가 번진다. 앞에 펼쳐진 그림 같은 장면이 어린 손주의 소꿉놀이를 바라보는 듯, 무용하는 재롱을 보는 듯 흥에 취해 있는 듯싶었다. 나는 이렇게 살아왔지만, 그대들은 그렇게 풍요롭게 살라고 북돋아 주시는 것 같았다. '참 좋은 때다' 하고 흡족해하시는 모습이 그랬다.

돌아오는 길에 그 할머니는 보이지 않았다. 대신 미소를 머금은 할머니의 잔영이 빈 하늘에 채워지고 있었다. 보문로의 아침 풍경은 녹색 물감을 풀어놓은 듯 맑고 싱그러웠다.

불법침입자
-그들에게 돌려주고 싶다

해 질 무렵 산책을 위해 길을 나섰다. 이마에 스치는 바람결엔 훈기가 돌기 시작한다. 얼마 전까지만 해도 이 시간쯤이면 한기가 돌았는데 어느새 봄의 중턱에 와 있는 가 보다.

아스팔트 옆을 지나 산으로 난 길로 접어들었다. 그 길을 따라 몇 발짝을 옮겼을까. 부스럭 소리가 나더니만 송아지만 한 고라니가 쏜살같이 도망간다. 누가 쫓아가는 이 없으련마는 허둥지둥 잘도 내달린다. 고갯마루에서 흠칫 돌아보더니만 그래도 안심이 되지 않는지 또 뛰어 자취를 감추어 버린다. 녀석! 도망가기는….

예전 같으면 이곳도 첩첩산중이어서 다 그네들 차지일 텐데, 거꾸로 인간들이 산 좋은 곳에 터를 잡겠다고 자리를 잡고 앉아 있다. 주인의 허락도 없이.

무법천지가 따로 없다. 그 안에는 법 없이도 살 것이라는 김 형도 있다. 그도 당연히 내 집이려니 하고 떡 버티고 있을 것이다.

고라니를 뒤쫓듯 조금 더 올라본다. 뭇 새가 푸드덕거리며 날아간다. 나는 가던 길을 멈추고 말았다. 온종일 들락거리는 인간을 피해 겨우 안식에 들었는데, 웬 것이 또 나타났나 하면서 날아갈 것이기 때문이다.

어느새 아파트 주변의 가로등이 빛을 발하기 시작한다. 군데군데 켜진 가로등은 마치 적군이 침입하지 못하도록 눈을 부릅뜨고 보초를 서는 것 같다. 이를 멀리서 지켜보는 산짐승들은 어떤 생각을 하고 바라보고 있을까.

지역 균형 발전이다, 행정수도 이전이다, 갖은 명목을 앞세워 수대를 지켜온 고향을 떠나라고 밀어내고 있다.

"나는 다른 것 없어, 내 나이 70인데 이곳에서 살다가 죽고 싶은 것이 내 바람이여."

그 노인은 절규하다시피 하지만 귀담아들어 주는 이도 없다. 누대가 살던 곳을 떠나야 하는 그들을 뉘라서 위로해 줄 수 있을까.

신대륙을 발견한 이방인들이 모두가 제 것인 양 토착민들을 몰아내고 남의 거처에 터를 잡은 것처럼, 그들 또한 버젓이 터를 잡고 있을 것이다.

한 해에 수만 마리의 산짐승들이 도로에서 죽어가고 있다. 이른바 로드킬이라 불리는 산짐승들의 수난, 심지어 고속도로는 야생짐승들의 무덤이라고 불리기까지 한다. 여기저기 인간들의 편의에 의해 불법으로 그어놓은 자동차 길을 건너기 위해 생기는 일이다.

자기 영역을 침범하여도 고개를 한번 쭉 내밀어 멀뚱멀뚱 바라보다, 이내 발길을 돌리는 힘없는 들짐승, 오늘따라 그들이 그토록 무기력해 보일 수가 없다. 자연을 누리는 것은 그들이나 인간이 똑같은 양을 부여받았을 텐데, 어찌하여 이 자연은 인간들의 전유물이 되었을까.

모두가 그러하듯 나는 산짐승들을 참 좋아한다. 어쩌다 길을 가다 산토끼, 다람쥐라도 만나면 그렇게 반가울 수가 없다. 그런 내 마음을 모르고 도망가기만 하는 그들을 바라보고 있노라면 못내 서운한 마음이다. 전해 내려오는 한 폭의 민화처럼 사람과 산짐승이 동행하며 유희할 수는 없는 걸까.

얼마 전 '뉴욕의 야생동물 행진곡'이라는 신문기사를 본 적이 있다. 황소만 한 사슴이 가정집 담을 넘고, 덩치 큰 억센 흑곰은 도심을 활보한다는 내용이다. 코요테나 야생칠면조도 함께한다. 뉴욕 시 당국은 위험하지 않은 동물들을 시내 공원이나 해안가 초지에 풀어주고 있다. 동물들에게서 빼앗은 땅을 되돌려 주고 있는 셈이다. 그들이 나타남은 환경보전 노력으로 녹지가 확대되어 그들의 보금자리가 늘어났기 때문이라 한다. 우리는 언제쯤 그들의 마음을 배울 것인가.

우리는 아무 죄의식도 없이 남의 영토를 침입하고 있다. 나 또한 불법침입자로 낙인 되어 있는 것이다. 나는 언제나 불법침입자를 면할 수 있을까. 이 땅을 산토끼, 고라니, 너구리 그들에게 돌려주고 싶다.

웃음 치료사

맑은 햇살이 집 안으로 들어선다. 햇살은 두 리번대다가 베란다 안쪽에 있는 호접란에 앉았다. 자리를 잡은 햇살도 받아 든 호접란도 금시 생글거린다. 그를 바라보고 있는 나는 밤기운이 채 가시지 않았는데도 마음이 맑아졌다. 상쾌한 아침이다.

차를 몰고 가는데 도롯가 코스모스도 웃음빛을 띤 채 하늘거린다. 그와 어울리다 보니 어느새 약속된 장소에 도착했다. 미리 와서 기다리는 사람도, 아직 도착하지 않은 이도 있었다. 한 달 만에 보는 반가운 얼굴들이다.

셋째 주 토요일만 되면 늘 만나는 사람들, 오늘따라 그들의 모습이 더 밝아 보인다. 모두가 웃는 낯이다. 봉사하겠다고 모인 사람들이니 가슴엔 온기로 가득 차 있을 거였다.

어느 정도 연륜이 쌓인 이들이지만, 모두가 선남선녀 같다. 엊그제 전해 들은 행복 바이러스라는 말을 되새겨본다. 한 사람이 행복해하면, 그의 말과 행동에 영향을 받아 주변 사람들이 행복감에 젖는다는 거였다. 행복해하는 사람에게선 행동이 투박하고 입에선 거친 말이 나올 리가 없다. 지금 나도 기분이 들떠 있는 걸 보면, 그들에게서 번진 행복 바이러스에 취해 있는 건 아닌지 모르겠다.

말이 봉사지 우리가 하는 일은 환경정화나, 국수를 삶아 연로하신 분들께 배달해 드리는 정도의 가벼운 일이다. 뼛심을 들여서 하는 것도 아니고, 정성을 다해야 하는 일도 아니다. 땀을 뻘뻘 흘려가며 남을 돕는 이들을 생각하면, 봉사라는 말을 쓰기가 미안스럽기만 하다.

오늘 우리가 할 일은 동네 주변의 청소다. 상가 주변과 도로를 청소하는 일이다. 버려진 쓰레기가 없어서 터덜터덜 걸어가고 있는데, 일원 중 한 사람이 에어컨 실외기 뒤에서 무언가를 열심히 줍고 있다. 들여다보니 좁은 공간에 담배꽁초며 상품 포장지가 수북이 쌓여있다. 그냥 덜렁덜렁 무성의하게 지나치는 나에겐 눈에 띄지 않았지만, 보이지 않는 데를 찾는 그에게는 그것이 보였던 거였다. 아는 만큼 보이는 것이 아니라 보려는 만큼 보이는 것일까.

그 모습이 하도 진지하여 엎드려 있는 그의 등 뒤에서 가만히 바라보았다. 그는 무아지경에 빠진 듯 내가 있는 줄도 모르고 뒤적거리며 여전히 일에 열중이다. 그러다 기척을 느꼈는지 뒤돌아보더니 겸연쩍어하는 웃음을 짓는다. 무슨 잘못이라도 저질러 들킨 표정이다. 언제나 그렇듯 수줍어하는 채 웃음으로 말하는 그가 예쁘고 고맙다.

웃음 치료사가 따로 없다. 신이 나게 웃겨서 치료하는 사람도 있지만, 수줍은 듯 미소로 대함으로써 마음을 편하게 하는 이도 있다. 나는 그를 웃음 치료사라고 부르기로 했다. 나 혼자 마음속으로.

구석에다 쓰레기를 버리는 사람과 그걸 줍는 사람은 타고난 유전자가 다를까. 세상일의 대개가 그렇듯, 옳고 그름은 근본이 크게 다르지 않다. 한 줄기에서 나왔지만 자그마한 생각 차이로 어떤 일을 나쁘게 하기도 하고, 좋게 하기도 한다. 버리는 이나 줍는 이도 집에 가면 다 가정의 일원이고, 어엿한 사회의 구성원이다. 다만, 편함과 불편함을 느끼는 정도의 차이로 벌어지는 일이라 할까.

그렇다 하더라도 쓰레기를 아무 데나 버리는 사람은 편

리성에 오염된 사람이다. 정화가 필요한 사람이라는 뜻도 된다.

사람의 정화는 돈을 들여 무슨 기구를 만든다든지, 구호를 외쳐 대서 되는 건 아닐 것이다. 웃음 치료사의 마음씨를 가진 이가 있으면 되는 거다. 그들에게서 피어난 바이러스가 이곳저곳으로 번진다면, 아무리 오염된 곳이라도 맑고 깨끗해질 거라 믿는다.

행복 전도사나 웃음 치료사, 그들은 이 사회를 정화한다. 그런 이들에게서 정화된 공기로 숨을 쉬는 사람은, 버리기만 하던 이도 쓰레기를 줍도록 만들 것이다.

웃음 치료사가 저만큼 앞서가고 있다. 나는 살폿한 웃음을 머금고 따라가고 있다.

그의 어깨 위에 앉아있는 하늘이 파랗다.

이 가을에

　들녘 한복판에 서 있습니다. 눈앞엔 벼 나락
이 누렇게 익어가고, 가까운 산에서는 잘 여문 도토리 떨어
지는 소리가 두두둑 하고 들리는 듯합니다. 먼 산기슭엔 수
림들이 붉게 물든 채 파도가 되어 넘실거립니다. 이따금 불
어오는 바람소리조차도 곡식 위를 걷는 것처럼 사박댑니
다. 풍요로운 가을입니다.

　새들도 신이 났습니다. 밭둑 가장자리 찔레넝쿨 섶에서
부스럭대며 하는 자맥질이 여간 분주한 게 아닙니다. 온 천
지가 모자람이 없이 꽉 차 있습니다. 곡식도 나무도 풀들도
각자 나름대로 농사를 잘 지었습니다. 겨울을 나면서부터
봄, 여름, 초가을까지 몇 번씩 들르는 커다란 곡절을 잘 아울

러 만들어낸 작품입니다. 땀의 결실이기도 합니다.

들꽃 향기 퍼지는 소리가 들려옵니다. 감국, 각시원추리, 쑥부쟁이가 가을빛에 숨을 고르고 있습니다. 높다란 논둑 한가운데엔 수줍게 피어 있는 용담이 보랏빛 향기를 내놓고, 논두렁 사이로 난 도랑엔 고마리꽃도 함께했습니다. 지금쯤 앞산 중턱엔 구절초도 꽃이 벙글어 마알간 이슬에 얼굴을 씻고 있을 겁니다.

이 가을에 우리는 풍요 속에 갇혀 있습니다. 모두가 풍족합니다. 자연뿐이 아닙니다. 가을 구경 나서는 이들 때문에 도로 곳곳이 정체되고, 설악산 천불동 계곡은 인파로 발 디딜 틈이 없다는 소식이 들립니다. 나라 곳간엔 쌀이 남아돌아 주체하기가 버겁다는 소리도 들립니다.

도회는 회색빛 건물로 빈틈이 없습니다. 거리마다 인파가 몰려들고 밤에는 낮보다도 환한 빛이 거리를 밝혀줍니다. 벌거숭이 민둥산으로 있던 앞산은 발을 들이밀 틈도 없이 우거져 있습니다.

모두가 풍족합니다. 축복받은 이 땅의 가을입니다. 하지만 이 풍족한 시대에 빈곤을 느끼는 이들도 많습니다. 허기를 못 이겨 물로 배를 채우는 이들도 있고 한 끼 정도는 거르는 아이들이 많습니다. 한 평 남짓 지하방에서 병든 할머니를 수발하느라 학교도 제대로 가지 못하는 소녀 가장도 있습니다. 60년대나 있을 법한 일들이 공존하고 있습니다. 이 공평하지 못한 현실을 어찌해야 하나요.

나 어렸을 때를 둘러봅니다. 칡뿌리로 연명하던 태수는 각기병에 구부러진 다리를 하고 공장으로 들어가 일을 했습니다. 집안 형편이 어려워 어려서 남의집살이로 떠났던 이웃집 인숙이도 있었습니다. 이들은 다 어디로 갔을까요. 그들도 지금 이 풍요를 느끼고 있을까요.

이 나라를 누가 이렇게 풍요롭게 만들었습니까? 청계천 공장에서 프레스로 손이 잘려나간 어린 노동자, 쇳물의 뜨거움을 잊은 채 화염 속에서 일하다 순직한 이들, 고속도로 공사판에서 말없이 쓰러져 간 이들이 아닐까요.

이 가을날 푸짐한 잔칫상을 받아 놓고 갑자기 그들이 생각납니다. 그들에게 미안한 마음이 듭니다. 이 아름다움과 풍요로움을 그들이 즐겨야 함에도 거꾸로 엉뚱한 내가 향유하기 때문입니다. 이 풍요가 거저 생긴 것인 양 누리기만 했기 때문입니다. 이제 이 가을을 그들에게 내어놓고 싶습니다. 어렵게 지냈으면서도 한 번도 풍요를 느끼지 못했던 그들에게 말입니다.

오늘따라 하늘은 더 파란빛을 내놓고 있습니다. 따스한

가을 햇살이 온 누리에 쏟아집니다. 그 햇살에 그들의 맑은 영혼이 깃들어 있는 것 같습니다. 제대로 피어보지 못한 그들의 꽃이 이 가을에 만개하여 황금빛으로 드러나 있는 것 같습니다.

그들이 내어 주는 보시布施를 나는 한껏 음미하고 있습니다. 잘 차려진 음식을 맛있게 먹어주는 게 예의라는 듯 말입니다.

그런데 이상하기만 합니다. 이 풍요를 거두면서도 그 옛날의 보릿고개가 생각나고 가난이 무슨 죄인 것처럼 기 죽어있던 그때로 자꾸만 되돌아가지니 말입니다. 그래서 시야가 화려할수록 그만치 목울대는 붉어지는가 봅니다. 그들이 없는 공간이기에 말입니다. 참으로 미안한 일입니다.

곳간이 풍요로워질수록 이 나라의 가슴은 점점 더 메말라가고 있습니다. 오직 내 것만 찾고, 남은 없습니다. 가진 자는 더 가지려고 애를 씁니다. 그러니 예전처럼 서로의 땀을 어루만지던 어울림은 찾아볼 수 없습니다. 만약 그들이 바라보고 있다면 어떤 마음일까요.

가을의 중턱, 하늘은 더없이 맑고 푸릅니다. 그 하늘이 오늘처럼 서글프게 느껴진 적도 없습니다. 풍요롭기만 한 이 가을인데도 말입니다.

왠지 모를 쓸쓸함이 묻어지는 이 가을입니다.

평행선

지하철을 타려고 급히 계단을 내려와 플랫폼으로 들어섰다. 간발의 차이로 열차는 문을 닫고 떠난다. 열차가 휩쓸고 간 뒤의 인적이 없는 좁은 공간에 적막감이 감돈다.

열차가 지나면서 남겨놓은 선로를 바라본다. 끝없이 뻗어 있는 평행선이다. 그 평행선은 무한대의 공간을 끌어안을 듯하면서도 평온하게 앉아 있다.

황급히 뛰어오긴 했지만, 조금의 시차에 차를 놓쳐도 별로 아쉬울 게 없다. 용무가 그렇게 급한 것도 아니요, 몇 분의 시간을 기다리면 다음 열차가 또 도착할 것이기 때문이다. 그런데도 매사를 급하게 서둘기만 한다. 무엇이 그렇게 조급하게 만드는지 모를 일이다.

열차의 바퀴가 구를 수 있음은 두 개로 뻗은 선로 때문이다. 어느 한쪽이 없어서도 안 되고, 기울어져도 그 기능을 유지하기가 어렵다. 마치 설산에서 즐기는 스키의 두 발을 연상케 한다. 생의 반려자가 서로가 있음을 확인하고 안식을 취하면서도, 지킬 것을 지키고자 하는 기풍 있는 모습과도 같다. 말없이 누워있으면서도 할 일을 다하는 평행선의 선로가 존경스럽다.

시골에서 초등학교에 다니던 시절, 십 리 길의 한쪽에는 전봇대가 세워져 있었다. 나란히 펼쳐진 두 줄이 보기 좋아 늘 바라보며 다녔다. 신작로 가에 세워진 전봇대는 학교 길의 안내자였고 친구도 되어 주었다. 가끔 제비나 방울새, 참새들이 앉아 있으면, 잡아보겠다고 돌팔매질을 해대기도 했었다.

전선은 두 개의 선이 있어야만 제 기능이 가능하다. 한쪽 선만 있어서는 전기가 흐르지 않아 기능을 발휘하지 못한다. 두 선이 있되 어느 정도의 간격이 유지되어야 한다. 그 역시 서로의 존재가 필요하지만, 피부가 맞닿을 만치 너무 가까이 있으면 상처를 주고 피해를 주게 마련이다. 서로가 없어서는 안 될 존재이지만 지킬 건 지켜야 한다는 걸 알려주고 있다.

마음속에 평행선을 그어본다. 공간의 제약을 받지 않음인지 거리 분간이 어려울 만큼 길게 뻗어 있다. 내면에 펼쳐져 있는 평행선을 따라가자 엉킨 실타래를 발견한다. 풀 수 없는 실타래처럼 얼크러져 있는 내 마음, 힘들여 곧게 펴도 이내 구부러지는 형상기억합금처럼 제자리를 맴돈다. 내가 걸어온 길은 어떤 길인가. 편리성과 이利를 챙기며 위태로운 외줄만을 기웃거리고 살아온 건 아닌지 모르겠다.

평행선은 공존과 상생의 원리를 터득하게 해준다. 하나만 있는 젓가락, 가족이 없는 가정을 상상해보라. 젓가락질은 입에 맞는 음식 앞에서 매 헛손질일 것이요, 가정은 홀아비가 자식을 보낸 뒤의 마음처럼 허전함뿐일 것이다. 평행선은 하나의 외로움에서 둘의 안정감 있고 평온한 모습으로 바뀌게 하는 힘이 있다.

평행선이란 말은 긴장감이 감돌며 팽팽히 맞섬을 비유할 때 흔히 쓰이기도 한다. 대립과 갈등의 표본이라 말하는 이들도 있다. 그러나 평행선은 지켜야 하는 선을 넘는 일은 없다. 평행선은 반듯하면서도 흐트러짐이 없는 질서 유지의 근간이 되기도 하고, 서로를 아우르는 조화로움을 품고 있기도 하다. 그런 평행선은 사람이 도리를 지키게 하는 윤리성의 바탕이 되기도 한다.

오늘날의 이 사회는 지나친 개인주의적 사고의 가속으로 흔들리고 있다. 가족과의 갈등, 노와 사, 계층 간, 정치권의 여와 야, 온갖 갈등투성이다. 너와 내가 아니고, 오로지 나만을 주장하기 때문에 생기는 것이다. 그들이 진정한 평행선의 이치를 담고, 공동의식을 갖는다면 어떻게 될까. 매듭을 만들려는 엇박자가 아니라 얽혀진 매듭이 풀리고, 윤활유가 쳐진 톱니바퀴처럼 모두가 부드럽게 돌아갈 것이다.

평행선은 늘 친구를 가지고 있다. 그 친구는 옆에 있는 이를 살필 줄도 알며, 즐거울 때나 괴로울 때 같이 있어주는 변함없는 친구다.

나는 그런 평행선을 좋아한다. 평행선은 갖가지 생물체들이 서로 어울려 지냄을 동경하면서도, 어떤 유혹에도 현혹되지 않고 묵묵히 제자리를 지키기에 그렇다. 세상의 일들이 꼭 살을 비비고 부대껴야만 하는 건 아닐 터. 서로의 공존 속에서 나름의 가치를 인정하고 함께함에 위안이 되는 거라면, 그게 진정 평행선의 의미라 하겠다.

평행선은 말없이 있으면서도 무언의 가르침을 주고 있다. 나는 언제쯤 평행선처럼 주위의 버팀목이 되고, 불의에

타협하지 않으며, 친구도 되어주는 그런 덕목을 가진 사람이 될 것인가.

공원 벤치에서 평행선처럼 다정하게 앉아 있는 노부부를 바라보며 그런 생각을 해본다.

어떤 만남

학교 동기들의 모임이 있어 퇴근길을 재촉하여 만남의 장소로 향했다. 오랜만에 만남이라 할 말들이 많다. 직장 일부터 시작하여 입대한 아들 녀석 이야기, 안 하던 건강 얘기도 요즘 들어 부쩍 늘었다. 무슨 우국지사인 양 나라의 걱정스런 이야기도 빼놓질 않는다. 이제는 예전 같으면 중노인 소리를 들을 때가 되었다는 연배를 확인이나 하려는지, 사람 그리운 얘기도 나온다.

자리가 지루하여 바람이나 쐬고자 동료들을 뒤로하고 현관문 밖으로 나왔다. 습기가 있으나 바람이 불어 상큼한 기운이 감돈다. 문 앞 두어 계단 밑에서 여대생인 듯한 앳된 아가씨와 선남들이 가랑비를 맞으며 서성이고 있었다. 한쪽에 연신 눈길을 주고 있는 것을 보아 옆방에 왁자지껄하는 이들이 나오기를 기다리는 모양이었다.

예의 그 아가씨는 한 계단 밑의 동료들과 담소를 하고 있었다. 내가 다가서자 기척을 느꼈는지 뒤를 돌아본다. 나와 눈이 마주치자 생끗 웃으면서 "안녕하세요?" 하고 인사를 한다. 면식面識이 있는 바가 아니어서 얼결에 "아, 예~." 하고 멋쩍게 인사를 받았다. 혹시 어디서 만난 적이 있는가, 더듬어 보아도 기억이 없었다. 인사를 하는 연유를 물으니 "그냥 옆에 계시길래요." 하는 것이었다.

그냥 옆에 사람이 있으니, 쳐다보고 모른 척하기가 미안해서 인사를 했다는 뜻일 게다. 요즘 젊은 세대들 중 이런 사람이 있었나? 금시 친근감이 들었다. 보기 드문 광경이기에 더 그랬을 것이다. 하도 앳되기에 실례를 무릅쓰고 학생이냐고 했더니, 금년 초에 입사를 한 사회 초년생이란다. 나와 같은 회사에 근무하는 신입사원인 모양이었다. "아, 그래요. 우리는 이제 회사에서도 꺼려 할 퇴물들입니다." 했더니 "왜 그런 말씀을 하세요. 선배님들이 계셔서 오늘의 우리 회사가 있는 것 아니에요?" 하면서 정색을 한다.

기다리던 이들이 나왔는지 그들에게 휩쓸려 간다. 와중

에서도 "안녕히 계세요." 하고 헤어짐의 인사도 빼놓질 않았다. 나는 그들이 가로등 불빛을 지나 총총히 어둠 속에 묻힐 때까지 물끄러미 바라보았다. 그가 떠난 뒷자리엔 뚝뚝, 처마 밑으로 떨어지는 낙숫물이 그의 얼굴처럼 말갛게 자국을 내놓고 있었다. 어찌 그렇게 바르고 심성이 착할까. 아직은 듣기 좋은 말 한마디에 감동을 받고 할 나이는 아닌 것 같은데 왠지 뭉클함이 가슴 깊이 새겨진다. 그가 한 몇 마디의 말속에는 남을 배려하는 마음이 흠뻑 배어 있음에 색다른 감흥을 준다.

늘 세상 근심을 혼자 짊어진 사람 같다고 하던 집사람도 지금의 표정을 보았다면, 그 말 한 것을 후회할 것이리라는 생각이다. 그와의 만남이 촌각밖에 안 되는 짧은 인연이었지만 그가 남긴 자리는 밤이 다하도록 떠날 줄을 모른다.

흔히들 요즘 세대 젊은이의 버릇없음을 탓하는 이야기들을 많이 한다. 나도 그럴 때가 많다. 그러나 나는 그들을 통해서 그것이 기우였음을 확인하는 참으로 기분 좋은 날이었다. 하기야 요즘 애들 버릇없다 한탄하는 말은 대철학자들이 할거했던 로마 시대에도, 예를 숭상하는 조선 시대에도 똑같은 말을 했다고 하지 않는가.

집에 돌아오니 아이들이 "오늘따라 아빠의 기분이 좋아

보이신다." 하기에 그냥 웃기만 하였다.

　그네들이 알 수 있으랴. 내 머릿속엔 상큼한 미소를 머금은 잔영殘影으로 꽉 차 있다는 것을.

말이라는 것

"용미아빠! 왜? 배고파?

"용미아빠! 왜요? 배고프세요?"

똑같은 표현인데 가는 데에 따라오는 말이 금시 달라진다. 내가 말을 높이는데 상대편도 그러지 않을 수가 없는 것이다. 거울 앞에 선 내가 웃는 낯이면 거울 속의 그도 웃을 것이요, 내가 찡그리면 그도 찡그리는 이치와도 같다 할 것이다. 그런 이유로 우리 집 아이들한테 경어敬語를 쓰라고 이르지만 아이들 셋 중 높임말을 제대로 쓰는 아이는 한 명도 없다. 다 내가 제대로 하지 못한 탓이겠지만 그래 그런지 아이들의 신경이 항상 날카로워 보인다.

나는 동료들이나 후배들한테 자녀들에게 높임말을 쓰도록 하라고 권한다. 말을 높임으로써 말씨가 순해지고 그로 인해 성격까지도 부드러워지는 효과가 있을 것 같기 때문이다.

집안에서 아이들이 높임말을 쓰면 아이들과 거리감이 있는 느낌이 든다고 하는 이도 있다. 그 말도 일리가 없는 바는 아니다. 그렇다 하더라도 높임말을 쓰는 아이들을 보면 가정교육을 잘 받았을 것이라는 느낌이 들기도 하고, 아이들 부모의 인격까지 저절로 높아지는 것 같기도 하다.

얼마 전 부산의 모 구청장이 경로잔치행사에 어른들을 모셔두고 연설을 하면서 "어르신들 오래 사시지 마세요." 했다가 구설수에 올랐다. 뒤에 오는 "백 살 넘게까지만 사세요." 하는 말을 잊어버렸다는 것이다. 표현의 효과를 높이기 위하여 한다는 것을 그만 말실수를 했던 모양이었다. 뒤에 해명을 했지만, 이십여 일이 지난 아직도 인터넷 매체에서는 그럴 수가 있느냐고 야단이라니, 말 한마디 실수로 단단히 홍역을 치르고 있는 셈이다. 누구나 잘못 뱉으면 되돌릴 수 없는 것이 말이고, 이를 후회하게 되는 것도 말이다.

전래되는 이야기에 이런 게 있다.

젊었을 때 백정 일을 했던 지석돌이라는 사람은 이미 환갑을 넘긴 노인이었다. 그는 저잣거리에 푸줏간을 내고 장사를 시작했다.

어느 날 젊은 선비 두 사람이 거의 같은 시간에 고기를 사러 왔다.

"석돌아, 소고기 한 근만 주거라."

"예, 알겠습니다."

지석돌은 대강 고기를 잘라 주었다. 뒤따라 들어온 다른 선비는 그가 아무리 백정 출신의 천한 신분이지만 환갑을 넘긴 노인에게 말을 놓기가 거북했는지,

"지 서방, 나도 고기 한 근 주시게."

"예, 조금만 기다리시지요."

기분이 좋아진 석돌은 고기의 좋은 부위를 뭉텅 잘라 주었다. 먼저 산 선비는 자기가 산 것보다 고기도 좋고 양도 훨씬 많은 것을 보고, 노인에게 버럭 화를 냈다.

"야, 이놈아! 똑같이 한 근인데, 이 사람 것은 양이 많고, 어째서 내 것은 이렇게 적은 거냐?"

그러자 지석돌 노인이 하는 말,

"손님의 고기는 석돌이라는 놈이 자른 것이고, 이분의 고기는 지 서방이 자른 것이니까요."

좀 진부한 표현이지만 말 한마디에 천 냥 빚을 갚는다는 옛말이 그냥 나온 게 아니다. 곱게 한 말 한마디에 좋은 고기를 얻은 셈이니 말이다.

집사람과 시장엘 간 적이 있다. 노점상 할머니에게 채소를 한 보따리 샀다. 집에 오면서 집사람이 나에게 말을 건넨다. 그 할머니는 자기보다 한 살 위밖에 안 되는데 자기보고 새댁이라고 한단다. 내심 좋아하는 눈치가 엿보였다. 집사람은 그의 사는 모습이 어려워 보여 채소를 살 때는 꼭 그 집을 찾는다고 한다. 그보다는 예순이 다 되어가는 자기에게 새댁이라고 불러주는 바람에 그 집을 찾는 것은 아닐까.

말이라는 건 하기 나름이다. 칭찬은 고래도 춤을 추게 한다고 하질 않는가. 칭찬 한마디가 사기를 돋우기도 하고 질타하는 말 한마디가 세상을 등지도록 하는 독설이 되기도 한다. 마크 트웨인은 '좋은 칭찬 한마디면 그것만으로도 두 달은 살 수 있다'고 했다.

침묵도 하나의 말일 것이다. 입안에서 십 초만 참으면 십 년이 편하다는 말이 있다. 그렇다고 말을 아끼는 것만이 미덕은 아니다. 때로는 사과라는 용기 있는 말도 필요한 것이다. 남에게 잘못한 것이 있으면 그를 인정하고 용서를 구하는 데 인색하지 않아야 할 것이다.

　본인이 한 말에 책임을 지지 못하는 이들이 있다. 내 말이 틀린다면 손에 장을 지진다거나, 성을 간다고 호기를 부리는 이들이 그들이다. 그들은 자신이 한 말이 빗나갔다 하더라도 손에 장을 지지거나 성을 갈지 않는다. "현자의 입은 마음속에 있고, 어리석은 자의 마음은 입안에 있다."는 와이드 빌의 말을 되새겨 볼 일이다.

　나는 어떤 말을 하는가. 비록 하나의 벌레일지언정 입에서 결 좋은 비단실을 풀어내는 누에처럼 우아한 말을 내는 사람이었으면 좋겠다. 진정 쓸 말, 참말만 하는 사람이었으면 더 좋겠다.

나의 눈높이

언젠가 가족의 손에 이끌려 백화점이라는 곳엘 간 적이 있었다. 한쪽에 맘에 드는 티셔츠가 있어 다가갔다. 눈여겨보다가 적혀있는 가격을 보고는 못 올 자리를 온 것인 양 서둘러 자리를 피했다. 매장의 점원이 하나 팔아볼 양으로 따라오면 무슨 말로 둘러대며 떼어 놓을까 걱정이 앞섰던 것이다. 그저 멀리서 눈요기를 하며 언저리를 서성이다 돌아왔다.

그런데 아이들은 그게 아니다. 두둑지 못한 아비의 주머니 사정은 생각지도 않고 제가 맘에 들면 사야 하는 게 우리 집 아이들이다. 싸구려 몇 개보다 쓸 만한 것 하나가 낫다는 논리도 편다. 아직 학생 신분이어서 수입도 없는 그들이 무슨 자격으로 경제적 논리를 운운하는지 모르겠다.

서울의 모 백화점의 포항점이 들어선다는 소문이 있을 때 그런 고급스러운 매장엘 누가 가겠냐고 의구스러워했던 이들이 많았다. 막상 생기고 나서는 발 디딜 틈이 없다고 하니 상술이 따로 있는가 보았다.

아이들은 벌써 제 엄마를 매개로 하여 몇 번인가를 다녀온 모양이다. 제 엄마도 자신은 변변히 입을 만한 옷 한 벌 없다고 투덜대지만, 애들 성화에는 배기지 못하는지 가끔 인심을 쓰는 것 같다. 내가 눈치를 챌 기미를 보일 때마다 미리 방침을 하듯 한마디 한다. 요즘 애들치고는 우리 애들은 착한 것이라고….

나는 옷이나 신발을 사더라도 기능성을 우선하므로 모두가 저가품이다. 하나 값으로 몇 개를 장만한다면 그보다 실리가 어디 있을까 하는 것이다. 하지만 나는 못 하더라도 자식에게는 남부럽지 않게 해주고 싶은 것이 부모의 마음인가. 내가 걸친 것을 값으로 치자면 머리에서부터 발끝까지 해도 애들 외투 하나 값도 안 되지만 아이들에게 비싼 옷을 사 주었다고 내놓고 말을 못 한다. 아니 옷을 입어 멋스럽게 보이면 아비 노릇을 한번 해본 것 같아 뿌듯하기도 하다.

찜질방인가를 가본 적이 있다. 나이가 열일곱 여덟 정도는 되었을까. 밤 열두시가 넘었는데도 남녀 아이들이 한쪽에 옹기종기 모여 있다. 음식은 가리지 않아도 잠자리는 가려서 하라고 듣고 자라온 나로서는 저래도 되는 건가 하는 생각이 들었다. 아이를 셋씩이나 둔 나는 남의 말 함부로 할 것이 아니라는 데 미치어 좀 전의 생각을 서둘러 거두어들인다. 우리 아이들인들 다를 리 있으랴.

길거리를 다니다 보면 뒷모습으로는 외국 사람인지 내국인인지 분간이 안 갈 때가 많다. 신체적인 조건이 소위 말하는 쭉쭉빵빵으로 달라진 부분도 있겠지만, 머리 모양새를 본 모습으로 하고 다니는 이가 별로 없다. 심지어는 뻘겋게, 퍼렇게 하고 다니는 이들도 있다. 여성들이야 그런대로 보아줄 수 있지만 남정네들이 그렇게 하는 것을 보면 혐오스럽기까지 하다.

이렇듯 우리 사회는 모두가 자기중심적으로 되어가는 양상이다. 저 잘난 맛에 사는 세상이니 남이 눈에 보이겠는가.

집에서도 식사시간에 어른들이 와야 아이들이 수저를 잡는 법인데 요즘 아이들은 자리가 주어지면 먼저 잡기가 일쑤다. 그 덕분으로 제 엄마한테 나만 핀잔을 듣는다. 빨리 밥상 앞에 자리하지 않아 아이들이 그렇게 하도록 만든다고. 그래 요즘은 밥상을 갖다 놓기가 무섭게 하던 일을 멈추고 먼저 차지하는 버릇이 생겼다.

예전에는 예절을 식사시간에 가르치며 배우는 예가 많았다. 수저는 어른이 들기 전에는 삼가고, 음식을 씹을 때는 점잖게, 좀 맛난 것은 어른께 미루고, 술은 돌아서 마시고….

가끔은 식사시간에 평소 맘에 들지 않았던 일들을 들추면서 꾸중을 듣기도 한다. 닭똥 같은 눈물을 흘리면서도 밥을 꾸역꾸역 입에 넣는다. 요즘 아이들 같으면 당장 숟가락을 놓고 제 방으로 들어갈 일들이다.

모든 것이 개성표현이요, 편리주의로 하는 것인데 새삼스럽게 그런 걸 말했다가는 조선 시대 사람이냐고 호통을 받을 일인지도 모른다.

이 사회는 이제 그쯤 되어가고 있다. 그래서 위아래가 없는 시대로 변해 가는 것은 아닌지 모르겠다.

한번은 그런 일들을 친구에게 말을 했더니 '너는 그런 것만 보고 다니느냐'고 면박을 받은 적이 있다. 동시대에 태어난 그는 꾀스럽게도 벌써 눈치를 채고 동화되었는가 보다. 그런 뒤에는 누구에게 말을 하지도 못하고 혼자 애를 삭이고 있다.

어쨌거나 제멋에 산다지만 요즘 세태의 일들이 맘에 드는 게 별로 없다. 그렇다고 그들과 원수지면서까지 하고 싶다는 것을 막고 싶지도 않고, 누를 기력도 없다. 하기야 지금은 개성시대라 하니 어찌 그들만을 탓하랴. 맘 편하게 지내려면 내가 그들에게 눈높이를 맞출밖에는.

4부

커튼콜을 받는 그날을 생각하며

너와집

어렸을 적, 이웃마을 동무 집에 돌기와를 올린다고 트럭에 싣고 가는 것을 보았다. 내 생전 처음 듣는 너와라는 집. 그 집이 어떻게 생겼을까 궁금하여 가 보았을 때 별다른 감흥이 일지 않았다. 우선 지붕이 고르지 못했다. 매초롬한 기와집이 더 나아 보였다. 대충 얹어놓은 듯한 돌기와의 매무새가 맘에 들지 않았다.

그 후로는 그 너와집을 본 적이 없었다. 도회로 나온 뒤 어쩌다 한 번씩 들르는 고향이었다. 그 집은 우리 동네에 가는 길목에 있는 것도 아니고, 산골로 한참을 더 들어가는 타동에 있기에 갈 일도 없었다. 오랫동안 기억 속에 묻혀 있었다.

작년 가을쯤인가, 고향에 들렀을 때 친구가 이웃 동네에 간다기에 따라나섰다가 우연히 그곳을 지나치게 되었다.

너와집, 예전에 보았던 모습에서 한 움큼의 변함이 없었다. 개발이라는 명목 아래 주변을 분주히 들락거리며 난도질을 했는데도 그 집은 그대로였다.

돌기와를 올리겠다고 나서시던 친구의 아버지도, 그 집에 살던 내 친구도 없었다. 주인이 바뀌고 세월의 더께를 더해도 변함없이 자리할 수 있는 것은 어떤 힘이었을까. 세류에 물들지 않는 천연물감 같은 올곧음 때문이었을까.

지붕에 얹어진 너와의 울퉁불퉁함은 어머니의 무뎌진 손가락처럼 정감으로 다가왔다. 인고의 세월을 억척스럽게 지켜온 모습이었다. 숭숭 벌어진 틈새는 바람을 껴안듯 지친 나를 포용할 안식처로 느껴졌다.

어렸을 때 느끼지 못했던 감성이 지금에 와서야 풀어지는 건 무슨 연유에서일까. 자로 잰 듯한 꾸며진 현실이 아니라, 아무렇게나 내어진 들길처럼 여유롭게 보여서일까.

그곳에선 소곤대듯 하는 정감의 목소리가 들렸다. 아이의 웃음소리도 들렸다. 도회의 어느 곳엔들 집 밖에서 저런 소리가 들리는 곳이 있던가.

사람이 사는 곳에는 사람의 소리가 있어야 한다. 이웃집 아저씨의 구수한 우스갯소리도 아가들의 옹알이도 들려야 한다. 살아 있음은 곧 소리라 할 것이다. 그런 사람의 소리가 그 너와집에는 있었다.

그 집에 들어가고 싶었다. 들마루에 누워 창밖에 떠있는 달을 보고, 별도 보고 싶었다. 그들과 노닥거리며 정담을 나누고도 싶었다. 하지만 엄두가 나지를 않았다. 만지萬地를 떠돌며 흙먼지를 뒤집어쓴 내가, 선당禪堂인 듯 너와집을 고고히 지키고 있는 그들 속에 어찌 함께할 수가 있으랴. 집 앞에서 우두커니 한참을 서 있다가 돌아왔다.

친구에게 신문에 난 너와집 한 채를 스크랩하여 보냈다. 그는 얼마 전 강원도 영월 마대산을 오르다가 동강 기슭에 자리하고 있는 너와집을 보았다고 했기 때문이다. 그때 자신의 삶의 마지막 주소가 저곳이었으면 했다고 했다. 정갈하고 기품을 지니고 있는 그에겐 너와의 이미지와는 상충되었지만, 시골스러움을 좋아하고 온화함이 넘치는 그에게는 너와집이 어울렸다.

백석의 시에 심취하여 흰 당나귀와 나타샤와 마가리를 동경하는 그였다. 그는 마가리의 지붕에 너와가 올려지길 선망했을 것이다. 눈 내리는 밤, 하얀 천을 두른 듯 소복이 감싸고 있는 산야를 걷는다. 저 멀리 나를 기다리는, 내가 정

박할 너와집을 향해 흰 당나귀를 타고 간다. 얼마나 낭만적
인가.

너와집은 현실을 멀리하고 이상을 얻으려는 나 자신의
일로 다가왔다. 비록 아무것도 없는 허상이지만, 나는 그
것을 얻으러 달려가고 있었다. 도회의 일상에 지친 마음을
담그고 싶었다. 한적한 산길에 홀로 놓이고 싶을 때가 있
다. 그럴 때 찾고 싶은 곳, 내가 이제껏 찾고 있던 것도 그
런 너와집이 아니었을까.

아파트인 내 거처는 좁은 닭장이 되어 숨 쉬기조차 어렵
다. 우리 속에 갇힌 소, 돼지처럼 상품으로 키워지기에 바
쁜 우리들의 공간이다. 지친 몸을 이끌고 들어와 일방적으
로 짖어대는 TV와 부대끼다 잠들고, 그 속에서 또 하루를
맞는다.

십 년을 경영經營하여 초려삼간草廬三間 지어내니
나 한간 달 한간에 청풍淸風 한간 맡겨두고
강산江山은 들일 데 없으니 둘러 두고 보리라.

송순의 노래처럼 그 집에 세 칸을 마련하여 달빛을 들이
고 바람도 쉬어가게 하고 싶다. 한 칸을 더하여 그리운 이들

을 맞아 그동안의 세월을 나누면 좋을 것이다.

너와집을 한 채 짓고 싶다. 아무것도 필요 없고 마음을 같이할 수 있는 이와 함께라면 좋다. 이것저것 들여놓아 간수하려 신경 쓰고, 담지 못해 안달하는 소유욕은 멀리하고 싶다. 그저 하루하루를 연명하여 육신을 지탱하는 정도면 좋을 것이다.

내 어릴 적 어머니는 '우리도 저런 집을 지어 살까?' 하고 물으셨던 적이 있었다. 나는 고개를 저었었다. 지금에 와서 회한이 서린다.

어머니처럼 포근하고 정감 있는 너와집이 있다면, 그런 집에서 어머니와 같이 지낼 수 있다면.

방바닥의 왕골자리가 반짝반짝 윤이 난다. 어머니는 언제 다녀가셨는가.

산사山寺의 밤길

      온종일 바람이 세차더니 해가 넘어갈 즈음
엔 쥐 죽은 듯 고요하다. 여장을 풀고 잠시 바람이나 쏘이
고자 길을 나섰지만 이내 땅거미가 지기 시작한다. 산속은
해가 지기 시작하여 어둠이 오는가 싶으면 금시 밤이 되어
버린다.
  계절이 초여름의 문턱에 들어섰음을 알리려는 듯 길가의
논에서 개구리의 합창 소리가 요란하다. 바람결에 사스락
거리며 볼을 비비는 억새 소리와 하모니를 이루어 정감을
더해준다. 가만가만 발길을 옮겼지만, 어느새 기척을 느꼈
는지 금시 주변이 고요해진다. 동네 아주머니들의 수다를

방해 놓은 것 같아 공연히 미안하다.

그믐께나 되었는지 한 치 앞의 분간이 어렵다. 땅거미가 진 지 오래된 밤길의 적막을 헤치며 한참을 걷는다. 온 산을 둘러싸고 있는 수림들은 무거운 침묵을 지킬 뿐으로 말이 없다. 그 침묵은 바쁘게만 살아온 나에게 무아경에 빠져들게 하는 마음의 공복을 준다. 모두를 비우고 새롭게 받아들이라는 배려가 아닌가 싶다. 산사의 밤길을 통해 침묵이 이렇게 소중한 줄을 알게 된 것도 소득이 아닐 수 없다.

참으로 오랜만의 나들이다. 그렇다고 여행이나 등산의 행로를 거두어들인 바는 아니지만, 나를 생각하며 여유로운 시간을 가진 적도 별로 없었기에 해본 말이다.

자꾸만 걸어 논길을 벗어난 지도 오래여서인지 개구리의 노랫소리가 멀어졌다. 다시 도랑에서 쫄쫄거리며 흘러내리는 구성진 소리가 곁에서 벗한다. 이름 모를 풀벌레 소리며, 가끔 잠을 뒤척이듯 '뚝' 하고 부러져 떨어지는 삭정이의 낙음落音이 정감스러워 발걸음을 더디게 한다.

한밤중 산길을 걸으매 괜히 마음이 차분하고 숙연해지는 건 무슨 연유인지 모르겠다. 거친 들판을 마구 떠돌아다니다 세련된 조련사를 만나 다소곳해진 야생마처럼, 자연의 다독거림에 길든 때문이 아닐까. 늘 헛된 욕망 속에서 헤어나질 못하여 버둥거리는데, 이 순간만은 웬일인지 다 부질 없다는 생각이 든다. 언제나 지금처럼 티 없는 감정이었으면 싶다.

어느 시인은 욕심에 찌든 지상이 싫고 구설수가 많은지라 하늘에다 땅을 사두었다고 한다. 한편에다 집을 짓고, 남은 쪽에는 밭을 일구어 별의 씨앗을 뿌렸다고 했다. '하늘에다 땅을 샀다.'라는 그의 말에 나는 무엇으로 답을 해야 할지. 그가 이 땅에 땅을 샀다면 무엇을 했을까. 아마도 꽃밭을 일구지 않았을까. 나만을 위한 것이 아니라 지나는 이들과 함께하기 위해.

만일 내 옆에 한 평의 밭이 있다면 어떻게 했을까. 그처럼 별을 심는 마음이 아니라 오이 줄기 하나라도 올리고, 고추 한 포기라도 더 심고자 했을 것이다. 나이가 들어도 언제나 물질만을 채우려는 미물의 티만 내고 있으니 나 자신이 가엽게 느껴질 뿐이다.

어둠 속에 묻힌 삼라만상은 오감으로는 느낄 수 없는 포만감을 준다. 아무것도 담기지 않은 빈 그릇에 무욕의 여유로 채운 것만 같다.

어떤 이는 '부끄러운 과거를 만들지 않기 위해 오늘을 열심히 산다.' 했다. 그럼 나는 오늘도 어떤 모습으로 살고 있는가.

마냥 캄캄하기만 하던 하늘에 좁은 문이나마 열렸는지, 빼곡한 나무 틈 사이로 간간이 내민 별들의 영롱한 모습이 한결 운치롭다.

가만히 불어오는 한 오라기의 실바람은, 겨드랑이를 스쳐가 몸을 움츠리게 한다. 보이지 않아 아는 척하지 않았더니 시샘을 하는가 보았다. 존재하고 있음을 표현하는데도 여러 가지라는 생각이 든다.

별안간 뭇 짐승의 홰치는 소리인 듯 푸드덕거림에 놀란다. 두려운 마음이 들기도 하고, 같이 온 동료가 찾을 것 같기도 하여 잰걸음으로 숙소로 돌아왔다. 바짓부리가 축축한 걸 보니 어느새 이슬이 내렸나 보다. 모두가 잠든 한쪽 모퉁이에 파고들어 잠을 청해 본다. 들뜬 마음은 쉽게 갈피를 잡지 못한 채 소녀의 가슴처럼 새근거리며 허공을 맴돈다.

산사의 밤은 그렇게 깊어 가고, 나그네의 마음은 미지를 떠다니는데, 소낙비 소리처럼 떠들기만 하던 개구리도 이제는 할 일을 다 했는지 입을 다물었다.

새들의 소란스러움에 눈을 떠보니 어느새 아침이 되었다. 어젯밤의 기억이 되살아나 그곳을 다시 가 보고자 했다가 그만두고 말았다. 어둠 속의 풍취를 그대로 간직하고 싶었기 때문이다.

지루한 장마가 끝을 맺고 일터에서 쉼의 공간이 얻어질 때, 또 한 번의 외도를 시도해 보리라 언약을 해본다. 육신은 생활의 터전으로 향하고 있는데 성급한 나의 마음은 벌써 심산유곡의 산사에 걸쳐 있다.

삶의 부채를 생각하며

공원 벤치에 앉아 있습니다. 엊그제만 해도 곱게 물들었던 단풍잎들이 모지母枝를 떠나 발아래에 누워 있습니다. 가끔 이는 바람에 바스락 소리를 낼 뿐입니다.

말없이 누워있는 낙엽들을 경외로운 시선으로 바라보고 있습니다. 나뭇잎은 자신을 잉태해준 둥지와 가지가 성장할 수 있는 양분이 될 수 있도록, 이른 봄부터 늦여름까지 광합성을 끊임없이 해냅니다. 그러고는 그들이 겨울을 나는 데 장애를 주지 않기 위해 미련 없이 가지를 떠나 내려와 있습니다.

개구리가 올챙이 적 생각을 하지 않는다는 말을 많이 합니다. 우리는 그런 적이 없던가요. 평생 몸담았던 직장을 떠나오면서 서운한 말 한마디에 악감정을 표출하기도 하고, 정치인들은 자신을 내세워 별을 달아준 정당에 한 번 더 기회를 주지 않는다고 덤터기를 씌우고 돌아서기도 합니다. 울타리가 되어주고 살찌워준 데에 대한 공덕은 뒤로한 채 말입니다.

감사하는 마음이 있어야 합니다. 어느 단체에 소속되었든 그곳에서 누군가에게 빚을 진 일이 있을 겁니다. 현대사회에서 누구의 힘을 빌리지 않고 혼자서 지낸다는 것은 불가능한 일입니다. 만일 한여름 십 리 고갯길을 땀을 뻘뻘 흘리며 걸어간다고 생각해 보십시오. 힘들고 짜증이 날 일입니다. 마침 지나는 버스에 몸을 실어 의지합니다. 단돈 몇 푼에 그 힘을 덜 수가 있으니 참으로 고마운 일이겠지요. 살다 보면 그런 일을 자주 경험합니다. 하지만 대가를 치르고 탔다고 생각하면, 그 고마움은 그만 없어지고 맙니다. 할 만치 했다고 생각하는데 고마울 리가 없지요.

대가를 치렀다고 하더라도 감사하는 마음이어야 합니다. 고마움의 마음을 전달받는 이보다 전하는 이의 마음이 더 맑아집니다. '우유를 마시는 이보다 배달하는 이가 더 건강

하다'는 말과 상통한다고나 할까요.

염낭거미라는 게 있습니다. 그 거미는 풀잎이나 가랑잎을 둘둘 말아 그 속에 알을 낳습니다. 그러고는 자신의 몸으로 입구를 막은 채 새끼가 부화하도록 기다립니다. 새끼는 태어나자마자 보이는 것은 자신들을 가로막은 먹잇감입니다. 새끼들은 어미를 갉아먹습니다. 어미를 다 먹어 치운 뒤라야 밖으로 나올 수 있습니다. 어미는 새끼가 주위 환경에 적응할 수 있을 때까지 스스로 먹이가 되어 주는 겁니다. 기가 막힌 모성애이지요.

우리들의 어머니가 그랬습니다. 온종일 무거운 짐을 머리에 이고 행상을 다닙니다. 당신의 무거운 발걸음에 자식들의 허기진 배가 기다리고 있기 때문입니다. 온종일 무거운 보따리를 이고 다니니 다리가 성할 리가 없습니다. 다리가 부어올라 밤에는 신음합니다. 동네 어귀의 등구나무 아래에 앉아 잠시 쉬면서 아픈 다리를 만집니다. 누군가가 보자 얼른 손을 거둡니다. 그러고는 당부를 합니다. 멀리 있는 아들에게는 절대 말하지 말라고…. 내 어머니가 돌아가신 뒤에서야 고향에 있는 친구에게 들은 얘기입니다.

말없이 누워있는, 그러고 보니 성스럽기까지 한 낙엽을 다시 바라봅니다. 낙엽은 계절이 변하여 겨울이 지나고 이른 봄이 되도록, 제자리를 떠나지 못한 채 그 자리를 맴돌 겁니다. 그들은 자신의 몸을 부패시켜 모지를 위해 자양분으로 산화하겠지요. 참으로 지극한 헌신입니다. 염낭거미와 무엇이 다를까요.

낙엽이 나무에 달렸을 때는 그냥 빛깔의 아름다움에 취하기만 했었습니다. 그 고귀한 헌신적 사랑을 모른 채 말입니다. 한여름의 검푸른 기세는 자신의 힘을 과시하는 것으로 알고 있었습니다. 가을에 곱게 치장하는 것은 화려함을 뽐내기 위한 몸짓으로만 알았습니다. 단풍이 지는 것은 모지에 수분이 부족하지 않게 하려고 떨켜라는 것으로 문을 닫게 하는 거라 하지요. 나뭇잎 스스로 수분을 차단하여 엽록소가 변한다는 사실을 미처 몰랐습니다.

나도 참 많은 이들에게 빚을 지며 살아왔습니다. 가족에게, 친지에게, 직장동료에게 말입니다. 그러나 그들에게 진 빚을 갚을 생각을 하지 못하고 나 자신만 키우려 애써왔습니다. 배은망덕이 아닐 수 없습니다. 하지만, 그들은 진 빚을 한 번도 내어놓으라고 하지 않습니다.

바야흐로 가을은 중턱을 막 지나고 있습니다. 이쯤 해서 나는 무엇으로 나의 모지들에게 빚을 갚을까 고민을 합니다. 저기에 누워있는 낙엽처럼은 아니더라도 작은 일이라도 실천을 해야 합니다. 꼭 누군가에게, 무엇에게, 라는 대상이 따로 없습니다. 내 주변에 있는 모든 것이 나의 모지母枝니까요.

서천 강변에서

서천 강변을 거닌다.

오랜만에 소란스런 일상을 뒤로하고 옮기는 발걸음이다. 인적이 드문 곳으로 발길을 놓는다. 강줄기를 따라 내어진 길, 많은 사람이 오갔겠지만 오늘따라 조용하기만 하다. 한참을 가도 길은 끝이 없다. 물줄기가 그렇듯, 세월이 그렇듯 영원무궁의 향로向路처럼 아스라해 보인다. 내 생의 줄기가 마감한다 하더라도 그 길은 멈추지 않을 것이다. 인간이 자연의 흐름에 얼마나 영향을 줄 수 있을까. 끝없이 주어지는 숙제지만 미약하기만 한 것이 인간일진대 자연의 이치에 순응치 못하고 늘 아등바등이다.

강물은 해 질 녘 저녁노을에 물들어 황금빛 물비늘이 하늘거리고 있다. 고고히 흐르는 강물은 세상의 모든 소요스러움을 다 안고 가는 듯 유유자적이다. 어디서 와서 어디로 가는지 개의치 않는 듯 말없이 흘러간다. 강물은 깊이를 더하면 소리가 나지 않는다. 멈춘 듯 흘러가는 강물, 아무 일도 하지 않는 듯하면서도 할 일을 다하는 모습이 경이롭기만 하다. 나는 어떤 사람인가. 결코 내세울 만한 일을 한 번도 한 적이 없는데 드러내려고만 하질 않았던가. 나도 저 강물처럼 소리 내지 않고 조용히 할 일을 하는 사람이었으면 싶다.

강물은 조그만 내를 받아들임으로부터 시작한다. 담고 또 담아 몸을 비비고 어우러지며 종착지인 바다로 향한다. 끝내는 바닷물과 섞이며 하고자 했던 일을 다 할 것이다.

모든 것을 포용하는 아버지의 넓고 깊은 가슴은 저 강물을 닮았다. 쓰다 달다 말씀이 별로 없으셨던 아버지, 당신은 먼발치에서 바라만 볼 수 있는 달처럼 늘 그만치에 계셨다. 뙤약볕의 그늘은 되셨을지언정 이래서 사람이고 저래서 짐승이다, 라는 말씀을 들은 적이 없다. 그냥 묵묵히 흐르는 강물이셨다. 그래도 곁에 계신 것만으로도 모질게 잦아드는 한발旱魃을 막아주는 커다란 물줄기셨다.

길 한편, 철 지난 갈대가 눈에 띈다. 갈대는 자신의 모든 것을 내려놓은 채 숙연하게 서 있다. 대궁에 매달려 있는 잔털 몇 개가 빈 가슴으로 남아 있는 듯하여 애처롭기만 하다. 창연했던 녹색의 삶은 어데 두고 저렇듯 쇠락한 모습으로 서 있는가. 그래도 자기를 응시해주는 나그네의 눈길이 반가운 듯 손짓한다. 모든 것을 내어주어 서걱일 힘조차 없는 몸으로도 나그네에게 보내는 따사로움에 감동한다. 빈한을 즐기는 선비와도 같아 정감이 더해진다.

강변의 넓은 둔치에 유채꽃이 가득 피어 노란 물결로 일렁인다. 실바람에 살랑거리는 자태가 자못 여유로워 보인다. 녹색 융단에 은하수가 피어 있는 수채화는 누가 그려 놓았는가. 나는 아무것도 한 것이 없는데 이런 호사를 누리고 있다. 그림을 그려 놓은 누군가에게 감사하고 고마워할 뿐이다.

나이가 지긋한 남녀가 여유로운 모습으로 거닐고 있다. 해 질 녘 강가에서 부는 바람이 상쾌하게 그들의 이마를 만지고 있다. 그들은 한 번씩 서로를 마주 보며 해맑은 얼굴로 웃곤 한다. 가끔은 하나이기도 하고 둘이기도 했다. 마치 소년소녀인 듯 손을 잡기도 하고 머리를 맞대기도 한다. 그들의 표정이 더없이 행복해 보인다. 그들의 화사한 얼굴빛은 유채꽃의 노란 색깔과 잘 어울린다. 오월의 신록만큼이나 생기가 있고 꿈이 넘쳐나 보인다.

무엇이 그들을 저토록 행복하게 만드는 것일까. 사랑이라는 힘일까. 황혼에 젖어가는 강가에서 흘러간 날들을 되돌아보며 새로운 인생을 그려보고 있는 걸까.

나에게도 저런 사랑이 남아 있는가. 남아 있다면 얼마쯤이나 남아 있을까. 이것이 나에게 주어진 화두인 양 곰곰이 생각에 젖어든다.

멀리서 지켜보던 나는 그들에게 늘 평안함만이 있기를 빌었다. 그리고 그들의 것이 나의 현실이 되기를 바랐다.

잿빛 해오라기 한 쌍이 날갯짓을 하며 강가를 유유히 배회하고 있다. 멀리 선도산의 중턱에 얹힌 이내가 가뭇해진다. 저녁연기에 물든 대지는 평온함에 젖어든다.

강물은 여전히 흐르고 있다. 오욕에 찌든 내 마음이 그 맑은 물에 조금은 헹구어졌을까. 갈대의 처연함을 보며 나 자신을 관조하는 힘이 생겼을까. 지긋한 두 남녀의 행복한 표정을 바라보며 나도 그렇게 할 수 있는 사랑의 힘이 충전되었을까. 서천 강변에 서서 그런 생각을 해 본다.

숲

　　한가로운 마음으로 집 베란다에서 앞산을 바라보고 있다. 산속을 비집고 에둘러 난 오솔길이 정감 있게 보인다. 늘 다니고 접하던 길이었지만 오늘따라 새롭다.

　갑자기 비가 내리기 시작한다. 도로는 금시 번지르르하더니 이내 물줄기로 흐르고 있다. 하지만 그 옆의 작은 숲은 아직 물기도 어리지 않은 듯 그대로였다. 얼마간을 그러다가 서서히 물기가 돌았다.

　그랬다. 숲은 마치 뭇짐승의 어미처럼 새끼가 어느 정도 적응할 수 있도록 감싸고 보살펴주지만, 아스팔트길은 그럴 여유가 없는 듯 이내 밀어내는 거였다. 우리의 세태 아니, 나의 실상이 그 속에 그대로 녹아있는 듯싶었다. 조금 불편하거나 손해다 싶으면 품지 못하고 그대로 드러내고 마는.

앞서 말한 것의 차이는 무엇일까. 자연 상태로 보전되어 온 것과 인간이 만들어낸 조형물이란 차이일 것이다. 자연이란 무엇인가. 그 많은 학술적인 연구나 용어, 사전적 의미는 밀어두고, 내가 생각하는 숲이라는 관점에서만 생각해 본다.

지구가 생겨나고 언제부터인가 존재해온 숲, 인류가 태어난 곳이 바로 숲이었을 것이다. 한번 태어난 곳은 영원한 고향이며 그 고향을 못내 그리워하듯, 숲 또한 그런 게 아닐까. 그래서 왠지 다가가고 싶은 곳, 가보면 마음이 편안해지는 곳이 아닐는지.

숲, 눈만 뜨면 보이는 곳이니 내 생활의 둘레일 뿐, 직접적인 연관이나 영향 같은 것은 생각지 못했었다. 불과 몇 분의 시간을 떠나있으면 생명을 유지할 수 없는 공기를 그렇게 소중하게 여겨본 일이 없듯이 말이다. 하지만 '숲'이라는 공간에 대해 관심을 가지면서 숲에 대해 인식의 변화가 오기 시작했다. 이제는 숲을 대할 때마다 늘 새롭고 경이롭게 다가온다.

숲은 홍수가 진다든지 가뭄이 들면 조절 역할을 한다는 것쯤은 누구나 알고 있을 터이다. 하지만 겨울엔 나무들이 열을 발산하여 덜 차갑게 해주고, 여름엔 증산작용에 의한 기화열로 온도가 낮아진다는 것은 처음 접하는 것이었다.

숲은 자생능력이 뛰어나다고 한다. 빈 땅이거나 파헤쳐진 곳을 그대로 두면 저절로 숲이 된다. 처음에는 한해살이 풀이 뒤덮어 주변 환경이 다져진다. 이어 여러해살이풀이, 다음에 나무의 씨앗이 날아오거나 옮겨져 작은 나무, 큰 나무들이 차례로 자리를 차지해 서서히 숲이 형성된다. 이른바 숲의 천이과정이다.

길을 지나다 잡초라 여기며 눈길을 주지 않았던 풀들이 보인다. 이 잡초들이 숲을 이루는 원천이었다니. 하찮은 것들의 능력은 얼마나 대단한가. 마찬가지로 우리 인간사도 매사가 하찮은 것에서부터의 시작이라 할 것이다. 아침에 일어나 양말을 신는 소소함, 출근하여 일상적인 일 처리, 그것의 반복과 진화로 자동차가 만들어지고 우주선이 나는 대단함, 이도 인간사의 천이과정이 아닐까.

숲을 바라보는 이, 그들은 마음도 함께 푸르러 너그러울 것만 같다. 자연과 함께하는 마음이기에 그럴 것이다. 자연을 느낀다는 것, 그건 육신이 영위하는, 사는 형편과는 관계

없는 일이다. 형편이 좀 낫거나 곤궁하더라도 바라보는 여유가 있으면 가능한 일이다. 나무는 사람의 영혼을 키운다고 했다던가.

시야를 멀리하니 산과 산으로 연결된 곡선의 파장이 길다. 그 파장의 내면은 밀집이 돼 무한 세계일 것 같다. 색즉시공 공즉시색, 있으며 없고, 없으며 있는 듯, 그런데도 무슨 일인가가 끊임없이 이루어지고 변화한다. 그것들은 관계 속에 서로를 아우르지만 집착하지 않는다. 단지 숲이라는 울안에 존재할 뿐이다.

인간이 존재하는 한, 자연과의 마찰은 필연적일 수밖에 없다. 인간이 공기를 마시며 생활하면서도, 오염시키는 공해를 유발하면서도, 자연 또한 벗어날 수 없는 공간이다. 그렇다 하더라도 자연을 거리낌 없이 상업화하는 일은 자제되어야 한다. 그나마 '환경'이나 '숲'이라는 용어가 우리 주위를 맴도는 것은 다행스러운 일이다.

숲을 더불어 사는 공간, 생명의 선으로 여기는 인식으로 바꾸는 일이 필요하다. 인간이 숲으로부터 받는 혜택이야 어찌 필설로 다 표현할 수 있으랴마는, 어떻게 하면 자연친화적일까를 연구하고 상처를 덜 주는 것이 보답이고 예의가 아닐까 싶다.

이 순간에도 눈앞엔 숲이라는 아름다운 공간이 펼쳐져 있다. 숲은 꾸미지 않고 아무렇게나 펼쳐져 있는 곡선의 아름다움, 쫄쫄거리는 물소리와 낭랑한 새소리가 있어 마음을 편하게 한다. 커다란 나무부터 작은 풀잎들까지… 그 속에 온갖 미생물과 꽃, 곤충, 동물들, 거기다 바람도 함께 어울린다는 걸 생각하니 그들의 놀이가, 참 재미있겠다 싶다.

늘 무언가에 쫓기는 우리, 빽빽한 도심에서 팍팍한 현실이 눈앞에 있다 하더라도 한 번씩 기댈 수 있는 숲 하나를 마음속에 들여놓고 젖어 볼 일이다.

정희성 시인은 노래한다. 나무는 제가끔 서 있어도 숲이 되는데, 광화문 앞엔 수많은 사람이 모여 있어도 왜 숲이 아니냐고.

나는 왜 숲이 되지 못하고 외로워하고 있는가. 아, 진정 숲을 이루는 일원이고 싶다.

아름다운 모습

#1

"큰 소나무 숲 사이로 바다가 펼쳐져 있어요.
파도소리가 들리세요?"

"그래 들린다, 바다 내음이 정말 좋구나."

오랜만에 엄마와 딸이 갯가에 마주 앉았다. 딸은 눈앞에
펼쳐진 바다 풍경을 엄마에게 하나하나 그려 준다. 멀리 수
평선 위로 떠다니는 갈매기, 조각구름 위에 얹어진 낮달, 방
파제에 정박해 있는 돛단배, 엄마는 딸이 그려준 상상의 그
림을 바라보며 내가 살아 있음을 느낀다. 딸은 엄마에게 더
보여주고 싶은데, 모든 것을 보여주고 싶은데, 그러지를 못

해 안타깝고 엄마는 그런 딸이 고맙고 대견하기만 하다.

엄마와 딸은 마주 보고 서로 내가 미안했노라 말한다. 얼굴을 만지며 마음의 눈빛으로 말한다. 네가 장성하여 예쁜 모습을 보아주지 못하여 미안하고, 딸은 엄마의 굴곡진 모습이 자신 때문에 생긴 것 같아 미안하다. 참으로 아름다운 모습이다. 한 폭의 수채화 같지 않은가. 아무리 명성이 있는 화가라도 그렇게 아름다운 그림을 그릴 수 있을까.

진정 아름다운 모습은 어떤 것일까. 무엇이 사람을 아름답게 하는가. 세계적인 부를 이룸일까. 고관대작의 명예일까. 한 절의 명구로 천하를 흔든 사람일까.

#2

얼마 전 코니 탤벗이라는 여섯 살의 영국 소녀가 방한해서 '오버 더 레인보우'를 열창해 청중들을 놀라게 했다. 천사의 소리라는 갈채를 받았다.

피아노 반주는 한국의 피아노 신동이라는 동갑내기 소녀 예은이가 했다. 노래에 맞추어 예은이의 손은 미끄러지는 듯, 날아다니듯 피아노 건반을 섭렵했다. 부드러우면서도 날렵한 손매가 마치 신이 내린 손 같았다.

노래가 끝나자 관중들의 갈채가 끊이지 않는다. 코니는

손을 들어 예은이를 가리킨다. 자신에게 이어지는 갈채에, 어린 피아니스트는 일어서 청중들에게 공손히 인사를 한다. 레이스가 달린 하얀 드레스의 주인공은 행동이 자연스럽지 못했다. 앞을 보지 못하는 시각장애인이었다.

한 여인이 연신 얼굴을 훔치고 있었다. 흐르는 눈물을 맨손으로 닦고 또 닦고 있었다. 그녀는 코니 탤벗의 어머니 샤론 탤벗이었다.

그녀의 눈물은 무얼 의미하는가. 자신의 딸 코니는 눈빛으로 청중들과 대화하며 노래하고 있다. 청중들의 따사로운 눈빛을 바라보는 코니와 달리 예은이는 피아노 건반을 손으로 보며 두드려야 했다. 그 모습을 바라보는 그녀, 자신의 딸처럼 만인들이 감동에 젖은 표정을 볼 수 없는 것이 미안했다. 그가 앞을 보지 못하는 게, 마치 자신의 잘못인 양 예은이에게 미안해 눈물을 흘렸던 거였다.

그녀는 그를 연민하기보다는 딸이 부른 노랫말처럼, 파랑새가 되어 하늘을 날기를 바랐을 것이다. 하늘 높이 날아 먼 곳까지 바라볼 수 있는, 아름다운 눈을 가졌으면 했을 것이다. 코니의 어머니는 남을 배려할 줄 아는 아름다운 마음을 가졌다. 그 모습이 아름답다.

#3

오드리 헵번이 아름다움으로 남을 수 있었던 건, 젊은 시절의 청순한 미모 때문만이 아니었다. 기아에 허덕이는 이들을 위해 바친 헌신적인 사랑 때문이기도 했다. 영화 「로마의 휴일」에서 두 손을 머리 위에 얹고 순박하게 웃는 게 청순미라면, 소말리아에서 병들고 굶주리는 아이를 쓰다듬는 손길은 따스한 가슴에서 나오는 감동의 미였다. 말년에 암 투병을 하면서도 그들을 돌보던 헵번의 삶은 그래서 더 빛났다. "사랑의 모습을 보고 떠나서 행복하다."는 말을 마지막으로 남긴 그의 모습은, 진정 아름다운 모습이었다.

#4

달콤한 말로, 외적인 모습으로 아름다움을 드러내고자 하는 사람이 있다. 하지만 그들에게선 진정한 아름다움이 느껴지지 않는다. 영혼이 깃들지 않은 매끄러운 말보다, 투박하지만 내면의 순수한 모습이 보일 때 더 아름답기 때문이다.

그렇듯 아름다움은 미적인 감각에만 있지 않다. 없는 형편에 고구마 한 접시면 어떤가. 멋쩍어하면서 라면을 끓여내는 시골 아낙네의 모습 또한 아름답다. 길을 가다 할머니의 봇짐을 들어주는 청년의 모습은 또 어떤가.

서늘한 한기가 목덜미를 파고드는 이른 봄, 아파트 정원 한편에 자리한 목련이 우아한 자태를 내놓고 있다. 저 목련 꽃은 그냥 피는가. 혹독한 추위에 시달리고 눈비에 다독여진 뒤에 핀다. 시상대에 오른 선수가 웃음을 짓는 아름다운 모습도, 견뎌낸 시련이 있기에 더 아름답다.

요즘 들어 아름다움이라는 건, 예쁜 꽃이나 그림에서만 볼 수 있는 게 아니라는 걸 느낀다. 온몸을 중무장한 채, 용광로 앞에서 땀으로 범벅된 노동자의 거친 모습에도 아름다움이 있었다. 나는 배워가고 있다. 잘 다듬어진 매무새보다, 꾸미지 않은 민낯이 더 아름다울 수 있다는 것을.

하늘정원

　　가끔은 일상사를 접어두고 지내고 싶을 때가 있다. 에덴동산이나 무릉도원은 아니라도 한적한 곳에서 흐르는 맑은 시냇물을 바라보고 싶기도 하다.

　　어디론가 발길을 옮기고자 길을 나섰다. 어디로 갈 것인가. 무작정 나선 길, 향방이 무슨 필요가 있으랴.

　　무심코 길을 가다 영덕의 옥계계곡으로 들어섰다. 태고의 숨결이 고이 간직된 곳이다. 침수정 아래 맑은 물이 병풍처럼 둘러있는 바위의 묵은 때를 씻어내려는 듯 연신 물레질을 해댄다.

　　얼음골 방향으로 가다 보니 한쪽에 하늘정원이라는 팻말

이 보인다. 폐교된 분교를 인수하여 사는 이가 있다는 얘기
가 떠오른다. 화살표가 가리키는 대로 고샅길로 방향을 틀
었다. 좁은 경사 길에 올라서니 양쪽에 기둥이 장승인 듯 서
있다. 분교가 폐교된 곳이라 하니 아마도 교문이었을 성싶
다. 재잘거리던 아이들 소리가 기둥의 갈라진 틈에서 새어
나오는 듯하다.

교실 한 칸쯤밖에 되지 않을 정도의 작은 건물, 지붕에 둘
린 박넝쿨이 추억의 숨결로 다가온다. 어린 시절 시골 고향
의 지붕에서나 보았던 박넝쿨이다. 해거름이라 그런지 박꽃
이 서서히 기지개를 켜고 하얀 속살을 드러내고 있다. 그 박
꽃 위에 오늘날의 비뚤어진 현실이 클로즈업된다. 초등학교
학생들이 인터넷에서 성인 사이트를 운영하고, 경마, 로또
복권 등의 한탕주의로 물들여지고 있는 사회다. 지난 역사
를 들추어 비판에 열을 올리며, 내 앞의 잘못을 가리려 하는
이들도 판을 친다. 모두가 순수함을 머금고 있는 박꽃처럼
맑게 정화되었으면 좋겠다.

마당에 올라 주변을 둘러본다. 하늘 아래 첫 동네인 양 하
늘만 빼꼼히 열려있다. 그래서 붙인 이름이 하늘정원인가.
병풍처럼 둘러져 있는 능선들이 하늘 높이 솟아있다. 인간
이 하늘에 닿기를 희망하여 노아의 후손들이 쌓았다던 바

벨탑이 저쯤 높았을까. 하느님의 노여움을 알면서도 끝없이 오르려고만 하던 시날의 사람처럼 나도 그래 오고 있는 것은 아닌지….

잡초가 무성한 마당의 한편에 함지박처럼 생긴 널따란 질그릇이 눈에 띈다. 수없이 밟혀온 민초들의 질박한 삶을 담아내던 질그릇이 아닌가. 이제 세상이 밝아져 자신을 내세울 만도 한데, 그 질그릇은 겸손한 마음으로 지키고 싶은 듯 맑은 물을 가득 담고 있다. 그 옆의 작은 그릇엔 생이가래 몇 개가 떠 있다. 나도 뿌리를 내리지 못하고 방황하는 떠돌이 인생인 듯 예까지 와 있다. 부초인 생이가래는 어디에서 와 심신이 피폐하여 있는 이 빈객貧客을 맞이하고 있는 것일까.

인기척을 한 후 현관문을 열고 들어서자, 갑자기 들이닥치는 불청객을 맞아들이느라 여주인장은 분주하다. 막 외출을 하려던 참이었다는 그의 꾸밈없는 매무새가 인상적이다. 화장기도 없고 자신을 꾸미는 장신구 하나를 하지 않았다. 손길이 닿지 않는 유장함을 담고 있는 순수한 자연을 닮은 듯했다.

가능한 세상의 문물들을 덜 접하며 살고자 이곳을 택하였다고 한다. 그래 TV도, 컴퓨터도 없다. 정보의 홍수 속에서 바쁘게만 몰아대는 현대문명과 연결되는 통로를 아예 차단하기 위함일 것이다. 디지털 매체 속에 빠져 허우적대면서도 그 유혹을 뿌리치지 못하는 것이 오늘날의 우리들 모습이 아닌가.

모든 것이 부족하지만 마음에 두지 않는다고 했다. 부족하면 덜 쓰고 과하면 나누어주고 그 생활에 익숙해져 불편한 점을 모르며 지낸다는 것이다. 한겨울 식량이 모자라 고구마로 연명한 적도 있었지만 마음만은 푸근했었단다. 좀 진부한 표현이지만 모든 것이 마음먹기 달렸다는 말, 그에게서 되새겨진다.

내 어렸을 적 이웃에 가정형편이 어려운 집이 있었다. 허나 그 집은 언제나 웃음이 가득했다. 여름의 달 밝은 밤이면 자배기에 바가지를 엎어놓고 물장구를 치며 온 식구가 흥겨워했다. 가진 것 없고 배운 것 없지만 풍류를 알며 정으로 뭉쳐진 그들이었다. 웃음이 끊이질 않던 그 집은 무척 행복해 보였다. 오늘날의 풍요한 물질과 정보는 우리에게 얼마만큼의 행복지수를 부여하고 있을까.

이 집 주인장의 마음이 그들과 닮은 것 같았다. 편리를 따지지 않으면서도 맑고 순수한 모습이 그랬다.

나오는 길에 뒤를 돌아보았다. 문 위쪽에 하늘정원이란 편액이 붙어있었다. 아, 그래 맞아! 나는 그의 마음에서 하늘정원을 보았다. 그들 스스로 이름을 붙인 하늘정원. 그들은 그런 하늘정원을 가꾸고자 몸과 마음을 가다듬을 것이다.

　하늘정원에서 얻어온 한 뿌리의 생이가래가 어느 틈에 작은 물동이를 가득 메웠다. 베란다에 놓인 생이가래를 보며 하늘정원을 생각한다.

해거름의 오솔길

내가 사는 아파트 뒤쪽으로 한적한 오솔길이 나 있다. 그 길은 장독대 앞을 지키는 제비꽃이 있고, 엎드려 노란 눈망울로 바라보는 애기똥풀, 민들레가 있다. 어릴 때 살던 고향집의 뒤란처럼 살풋함이 드리워져있는 오솔길이다.

오솔길은 해거름에 걸어야 제맛이 난다. 소요로운 일과가 마무리되고, 고요 속에 묻힐 무렵의 오솔길은 그 운치를 더해준다.

나는 시간이 허락되기만 하면 이 길을 찾는다. 그때마다 길 양쪽으로 도열해 있는 잡초들이 허리를 굽히며 나를 맞는 것 같다. 누가 나를 이처럼 공손히 맞아 줄 것인가. 거름 한 번 준 적이 없는 척박한 땅에서도 튼실하게 자라나는 그들을 바라보면 대견하기만 하다. 사람도 꼭 좋은 환경을 만들어 주어야만 큰 인물이 되는 건 아닐 거라는 생각이 들게 한다. 거친 여건 속에서도 하고자 하는 의지만 있으면 이루지 못할 꿈이 어디 있으랴.

길바닥엔 밟히고 또 밟혀도, 고개를 내미는 질경이가 있다. 인동초만큼이나 생명력이 강한 풀이다. 나는 이 질경이를 볼 때마다 요즘 유행처럼 번지고 있는, 스스로 삶을 포기하는 이들을 생각하곤 한다. 삶을 포기하는 이들의 심정이야 오죽하랴마는, 질경이의 삶을 한 번쯤 생각한다면 그들의 마음도 달라질 수 있지 않을까.

이런저런 상념으로 오솔길을 따라가다 해가 지고 있는 언덕을 오른다. 몇 가닥 남아 있던 햇살이 사위어지자, 주위는 차츰 고요해지고 평화가 깃들기 시작한다. 땅거미가 서서히 드리워지더니 오솔길에 어둠이 내려앉고 있다.

지금쯤 농촌에서는 저녁연기가 이내처럼 번지기 시작할 무렵이다. 아버지는 힘든 들일을 마치고 오솔길로 돌아오시겠지. 마중 나간 예닐곱 살배기의 꼬마는 아버지에게서 소고삐를 받아 쥐고는 앞장을 선다. 마치 제가 일을 하고 돌아오는 양 거들먹거리며 가는 아이를 바라보는 아버지, 하루의 피로가 춘삼월 눈 녹듯 녹아내린다. '그래 네가 있기에 어려운 줄 모르고 일을 한단다.' 입속말을 되뇌는 아버지의 모습이 그려진다.

일상에 지쳐 심신이 무겁지만, 아파트 뒤란으로 이어지는 오솔길에 들어서면 언제나 포근함에 감싸인다. 온종일 시달리던 날카로운 기계음에서 벗어나, 새가 지저귀고 나뭇가지를 흔드는 자연의 소리를 들으니, 마음이 한결 여유로워지는 것이다.

오늘도 이 오솔길을 걷는다. 하루해가 다할 무렵의 오솔길은 삶의 고단함에서 벗어나게 해준다. 만물이 휴식을 취할 즈음의 한가롭고 평온함이 배어 있기 때문이다. 길을 걸으면서 허둥지둥 지내온 하루를 뒤돌아보며, 마음을 가다듬기도 하고 몰아쉬던 숨을 고르며 안정을 찾기도 한다.

누가 이 길을 내어 놓았을까. 많은 사람이 다녀갔겠지만, 모두가 마음씨 고운 사람들일 것이다. 넓은 길을 마다하고 좁은 길을 택하는 건 무욕의 증거요, 그저 한두 사람이 오순도순 이야기를 나눌 수 있는 정도의 길이면 족하다는 소박한 선비의 마음이 아닐는지. 길은 좁을지언정 다니는 이의 마음은 넓고 여유로울 것이다.

악상이 떠오르지 않을 때면 산책을 했다는 베토벤, 항시 무언가 골몰히 사색에 잠겼다는 철학자 칸트의 산책길도, 이런 오솔길이었을 것 같다. 언제나 푸르름을 머금고 있는 솔밭에서 들리는 숨결 소리, 사운대는 신우대 소리를 좋아해 그들은 늘 오솔길을 찾았을지도 모를 일이다.

옛날 고려장이 있었던 시절이었다. '아들은 해거름에 노모를 지게에 들쳐 지고 먼 산등성이를 향해 나선다. 멀리 가야 하니 해가 있을 때부터 서두른다. 노모는 아들 몰래 나뭇가지를 하나 꺾어 들고, 조금씩 잘라 길거리에 던진다. 행여나 돌아오는 아들이 길을 잃어 집을 찾지 못할까 걱정되어 해둔 표시였다. 아들은 노모를 산에다 두고 내려오다 길바닥에 떨어진 나뭇가지의 뜻을 헤아리고 한없는 죄책감에 빠진다. 그래 버리고 온 어머니를 도로 모셔왔다는 길' 그 길도 이런 오솔길이었을 것이다. 내가 걷고 있는 이 길도 그런 아름다운 사연을 간직하고 있는 오솔길일 것만 같다.

나는 이 길을 걸으면서 삼대를 만나는 기쁨을 느낄 때가 있다. 길가에 자리한 살구나무에서 오래전에 이승을 떠나가신 내 아버지를 만나고, 내 아이들이 저만큼 뒤에서 도란거리며 따라오고 있을 것 같은 생각이 일곤 한다. 이 길을 매개로 한 번도 본 적이 없는 아이들은 할아버지를, 내 아버지는 손주를 만날 것 같다. 그들은 평생에 느끼지 못했던 혈육의 정을 이 오솔길을 통해 나눌 것 같기도 하다.

언제나 조금 가다 보면, 그리운 사람을 만날 듯한 정겨운 오솔길, 나는 오늘도 해거름에 이 오솔길을 걷는다. 오솔길이 있어 찾는 것이 아니라 오솔길이 나를 부르고 있다.

겨울 나그네

　　겨울은 계절의 나그네일까? 이집 저짐을 다
내려놓고 홀가분한 걸 보면 겨울도 나그네가 맞는 거 같다.
지난날의 통속을 벗어던지고 몸 하나 간수할 봇짐조차도 내
려놓은 나그네. 겨울은 그 빛깔조차도 들고난 게 없다.

　건들마 지나온 자리마다 누리는 윤기를 잃기 시작한다.
그럴 즈음, 무릇 대숲 바람소리에 사위가 안달하고, 가랑잎
이 섬돌에 채어 소란스러워지면 못 이기는 척 계절도 떠나
게 된다.

　고요하게 내리던 달빛도 사박사박 걷고 있다. 모두가 떠
나고 싶은 겨울 저녁, 달빛인들 제자리만 맴돌고 싶겠는가.

나도 그들에 묻혀 떠난다. 계절에 동화되어 가는지, 계절이 나를 닮아 가는지 알 수 없는 핑계를 대어 떠난다. 보헤미안의 나그네가 되어.

달빛마저 고요 속에 잠들어 어스름해진 고샅길을 걷는다. 설레는 마음을 품고 그리운 이를 찾아간다. 사립문이 지긋이 반쯤 젖혀져 있다. 안을 들여다보니 불은 꺼져 있고 기척도 없다. 그리운 이조차 나그네가 되어 길을 떠났는가. 어디서 길을 재촉하고 있을까. 산모퉁이를 돌아서고 있을까.

먼저 떠나간 친구를 생각한다. 젊은 나이에 나그네가 되어 돌아올 수 없는 강을 건넜다. 아무것도 없이 빈손으로 왔던 것처럼, 그냥 아무것도 없이 갔다. 이승에 그 흔한 흔적 하나를 남기지 않았다. 국화 송이 하나 얹어놓을 공간도, 내 엎디어 손을 디딜 자리도 없이.

유난히 눈을 좋아했던 친구는 하얀 눈이 내리면 이리저리 방황하듯 나대곤 했었다. 그래 몇 번이고 캄캄한 밤에 친구를 찾으러 간 적이 있었다. 돌아올 때는 평생을 헤어지지 않고 살 것처럼 손을 꼭 잡고 왔었다.

나는 겨울만 되면, 하얀 눈이 내리면, 친구를 찾으러 나선다. 아직도 그때의 기억을 안고서. 하얀 눈 속에 친구의 마음이 퍼진 듯하고 유난히 빛나는 별이 보이면 그게 친구거니 하고 마중을 나가는 듯 떠난다.

눈이 내린 간이역에 몸을 내려놓는다. 같이 내린 몇 안 되는 사람들도 갈 길이 바쁘지 않은 듯 서두르는 기색이 없다. 곁에 있는 한 사람이 먼 산을 바라보더니 담배 한 대를 피워 문다. 불빛에 비친 나그네의 두 어깨엔 왠지 모를 쓸쓸함이 묻어 있다.

지나온 철길을 멍하니 바라보고 있다. 이제까지 온 여정을 되돌아보고 싶은 거다. 저 철길의 끝, 내가 태어난 곳에서 지금 이곳까지 짧지 않은 인생의 여정, 그것은 가없는 나그넷길이었다. 이곳 저곳을 많이도 기웃거리며 걸어온 길, 그러나 뚜렷한 족적은 보이지 않는다. 그게 무슨 상관이랴. 남겨진 발자국 몇 개가 나그네의 여정에 어떤 보탬이 될까.

열차가 출발을 위해 덜커덩 소리를 내자 나갔던 정신이 돌아온 듯 발걸음을 시작한다. 짐이랄 것도 없는 가방 하나를 들고 작은 역사를 빠져나온다. 이 역도 몇 년 후면 나그네가 될 것 같다. 하루에 십수 명만이 이용한다 하니 효율성만 따지는 시대에 그냥 놔 둘리는 없질 않은가.

모두가 떠나 폐허가 되어버린 탄광촌, 금시 떠난 듯한 인적의 자취를 뒤로하고 걷는다. 그 탄광촌도 이제 나그네가 되었다. 한때는 지나가는 개조차 시퍼런 지폐를 물고 다녔

231

다 할 정도로 풍미했던 이곳도, 이제는 모든 것을 내려놓고 떠나고 있다.

'떠남을 생각하는 자는 그리움을 안다'고 했던가. 누군가를 그리워할 수 있다는 건 행복한 일이다. 스산한 바람이 부는 겨울이 되면 떠나간 자가 더 그리워진다.

어디선가 슈베르트의 '겨울 나그네'가 은은하게 들려온다. 사랑하는 여인에게 말 한마디 건네지 못한 채, 방랑의 길을 떠난다는 나그네. 그의 발걸음은 어디를 향하고 있었을까.

나그네의 발길은 언제나 쓸쓸하다. 나그네의 지친 발걸음을 멈추게 할 자, 그는 어디에 있는가.

커튼콜을 받는 그날을 생각하며

　　많은 날, 30여 년의 세월을 회사라는 울안에서 어려움 없이 여기까지 왔다. 태아의 탯줄처럼, 우주인이 유영하는 데 끈으로 연결된 모체母體처럼 포스코라는 든든한 배경 때문에 마음 놓고 유영할 수 있었다.

　연은 연줄이 있음으로 해서 난다. 줄이 없으면 마냥 자유스럽고 높이 날 것 같지만 얼마 날지 못하고 추락하고 만다. 우리는 어디든 줄을 달고 있어야 한다. 그래야 날 수 있기 때문이다.

　새벽 일찍 일어나 서둘러 제복을 입고 가방을 챙겨 들고

나선다. 집사람이 어딜 가느냐고 묻는다. "어딜 가긴!" 회사
엘 간다는 뒷말은 필요 없다는 듯 큰소리를 치고 현관을 나
선다. 나오다 뜰 앞에서 가만히 생각하니 그럴 일이 아니었
다. "그렇지, 어제 날짜로 회사에서 퇴직했지!" 왜 안 그럴
까, 30년을 넘게 가던 길이었으니….

들어와 앉아 있으니 갈 곳이 없다. 그저 멍하기만 하다. 요
란한 기계 소리가 여전히 귓전을 맴돈다. 회사에 근무하면
서 하고 싶지 않았던 일, 상처가 되었던 일도 이제는 하고 싶
어도 할 수 없는 일이 되어 버렸다.

직장이라는 울에서 벗어나는 충격적인 일이 얼마 후에 닥
칠 내 앞길이다. 연극의 제1막은 막을 내리고 관중이 없는
무대에 덜렁 혼자 남는다.

남은 세월을 어떻게 보내야 하나, 막막하기만 하다. 단단
히 준비해야 한다는 선배들의 충고가 귀에 생생하다. 때늦
은 울림이다. 하지만 그렇게 앉아 있을 수만 없는 일, 비록
안갯속 길, 가시밭길이라도 헤치고 나가야 한다.

머릿속 이것저것을 뒤적거리니 그래도 할 일이 많다. 그
동안 바쁘다는 핑계로 쌓아두고 넘겨왔던 일이 얼마나 많
은가. 우선 책장 속에서 장식물로 잠자고 있는 책들, 미뤄두

었던 여행길, 오래 살기보다는 건강한 삶을 위해 필요한 규칙적인 운동, 나보다 좀 더 불편한 이들을 위해 할 수 있는 일들, 몸이 자유스럽다 생각하니 할 일이 더 많다.

'일어나자, 집을 나서자.' 나에게도 커다란 자산이 있다. 내가 뛰면 응원해줄 가족이 있고, 30여 년의 회사 경험은 곡절이 있을 때마다 조력자가 되어줄 것이다.

하루 스물네 시간 중 수면, 식사 등 몸을 건사하기 위한 기본 시간을 제외한 남는 11시간, 이 시간을 어떻게 해야 할 것인가. 어떻게 보내야 잘 보낸다 할 수 있을까.

책장을 둘러본다. ≪삼국지≫, ≪삼국사기≫가 눈에 띄고 최명희의 『혼불』도 보인다. 혼불은 10권 중 2권째 읽고는 덮어둔 책이다. 시간이 없다는 핑계로 장서로 되었지만, 이제는 그도 이유가 되지 않는다. 한국 근대화의 생활상, 사회상이 오롯이 녹아있다는 박경리 선생의 『토지』 또한 읽고 싶은 책 중 하나다. '외로움이 글을 쓰게 했다.'는 작가의 내면을 들여다보고도 싶다. 평소 문학을 강의하는 강사가 꿈이었는데 꿈을 펼치기 위해 자료 수집 겸으로도 책을 꼭 읽어야겠다.

그렇게 반나절을 보낸 뒤 간단히 짐을 싸 들고 나선다. 지적장애 아이들이 있는 교육기관, 명도학교다. 회사에 다니면서 주기적으로 발길이 닿던 곳이어서 낯설지 않다. 늘 그 랬던 것처럼 아이들이 반갑다고 매달리고 업히고 야단들 이다. 어디를 간들 나를 이렇게 맞아주는 곳이 또 있을까 싶 다. 나도 나이가 들었고 사회의 눈은 변했지만, 그들만은 처 음 보았던 그 모습 그대로인 것 같다. 같이 학교 뒷산에도 가 고, 틈틈이 익혔던 하모니카를 불어주며 어울린다. 현규와 성한이가 웃음 띤 얼굴로 노래를 따라 불러 나를 기쁘게 한 다. 이게 사는 것인가 싶은 것이다. 그들은 늘 웃는 모습이 다. 그들은 자신의 모습을, 행동을 비관하여 불행해할까? 언제나 천연수처럼 순수한 그들을 만나고 돌아서면 나도 그들과 눈높이가 맞추어져 맑아지는 것 같다. "장애는 단지 불편할 뿐 불행은 아니다."라고 한 헬렌 켈러 말을 그들도 담고 있을 것이다. 나는 그들과 지내면서 봉사라는 생각을 가져본 적이 없다. 나를 지키기 위해서 나를 사용하기 위해 서 하는 일이기 때문이다. 직장에 다니면서 '나는 회사에 봉 사하고 있다.'라고 할 수 없지 않은가.

저녁 시간에는 운동을 한나. 주변 산책도 좋고 헬스장도 좋다. 운동을 하는 건 내 주변에 대한 배려다. 운동 부족으 로 몸에 활력이 없다면, 정상인의 몸이 정상적으로 지탱이 안 된다면 긍정적인 생각이 나올 수 없고, 행동이 될 수 없다. 내가 우울해져 남들도 우울하게 하는 악성 바이러스를 전염시킬 뿐이다. 하고 싶은 것도 제대로 할 수가 없을 것이다. 하고 싶은 일을 하기 위해서라도 운동을 하여 건강을 유지해야 한다.

가끔은 간단한 여행, 그리고 일 년에 한 번쯤 테마여행을 한다. 나를 뒤돌아보고 또 다른 삶의 체득을 위해서. 국내도 좋고 국외도 좋다. 각지고 멋스럽게 인공으로 짜인 곳보다는 되도록 오지라면 더 좋을 것이다. 도회에서 찌든 때도 벗겨 내고 산과 들을 벗하며 자연을 공부한다는 마음으로 가자. 발길 닿은 곳에서 마을 사람들의 소박한 이야기도 듣고, 부대끼며 함께 살아가는 정겨움을 느끼기도 한다. 산속 깊은 도랑물에 마음을 헹구어도 좋을 것이고 사찰의 풍경 소리에 귀를 씻어도 좋을 것이다. 일상에서 늘 대했던 것들도 여행이라는 화두를 가지고 대하면 모두가 새롭고 오묘할 것이다. 사람 사는 맛이 도는 것이 어디 여행만 한 것이 또 있을까.

인생의 2막이 놓인 앞길을 미리 둘러보고 있다. 한길에 내어진다 해도 준비된 또 다른 삶들이 있으니 두려워할 일이 아니다. 세상이 어디 생각처럼 녹록할까마는 욕심을 비우고 현실에 참여하고 만족해한다면 부대끼기가 그리 어려운 것도 아닐 것이다. 때로는 여행도 하고, 주변을 둘러보며 하고 싶은 것을 할 것이니 오히려 축복받는 일일지도 모른다. 나는 이 글을 쓰면서 비록 추상적이긴 하지만 내 앞길을 설계해 보았다. 모두가 꿈같은 이야기나 거창한 것들이 아니기에 의지만 가진다면 즐기며 노후를 보내기에는 적절한 것들이다. 이제 나는 춥지 않다. 추운 겨울날 허허벌판에 선다 하더라도 훈기를 느끼기에 충분하다.

인생의 제1막에서 대중의 일원으로서 연기했다면 제2막은 스스로 연출하고 주연하는 배우가 되어야 한다. 남은 날들을 되찾은 20년이라는 제목을 붙여 관객과 호흡하고, 관객을 찾아가는 연기를 하고자 한다. 나의 연기가 끝을 맺는 날 객석의 관객들에게서 몇 번이고 커튼콜을 받는 연기자가 되고 싶다.

사랑초

　　누가 분을 하나 가져다주기에 햇볕이 잘 들고, 눈에 잘 띄는 곳에 자리를 마련하여 얹어 놓았다. 다북한 화초의 분을 갈랐는데 잎이 늘어져 잘랐다고 하면서, 며칠만 지나면 금시 잎이 돋는다고 했다.

　자잘한 꽃송이가 몇 개 달려 있었다. 하지만, 그것만 가지고는 화분 속에 앉아있는 주인공의 이미지가 좀처럼 떠오르지 않았다. 집사람이 보더니 아는 화초인지 "사랑초네." 하며 반긴다.

　정성 들여 물을 주고 눈맞춤을 한 결과였을까. 한 열흘 정도 지나니 신기하게도 보랏빛 잎이 돋기 시작하여 베란다를 기웃거렸다. 뒤따라 청아하면서도 가냘픈 꽃송이가 무성히도 머리를 치밀고 올라왔다. 그 모양새가 갓 태어난 새끼고양이가 감긴 눈을 하고 어미젖을 찾으며 가슴을 파고드는 모습과도 같았다.

가만히 들여다보니, 쌀 포대 실보다 약간 굵은 듯한 줄기는 나비의 날개만큼이나 성한 이파리를 꼿꼿이 매달고 있었다. 구부정하니 힘이 부쳐 보이는 그 줄기는, 어떤 힘으로 버티고 있는지 대견하다는 생각이 들었다. 마치 자기보다 덩치가 몇 배인 새끼뻐꾸기를 위해, 열심히 먹이를 나르는 멧새처럼 고달파 보였다.

순간 나를 길러주신 부모님 같다는 생각을 했다. 부모님의 희생을 느끼지 못하면서 자라온 나처럼, 잎들은 그것이 당연한 양 대궁에 무심히 매달려 있었다. 어찌 저리도 태평할 수 있을까 하고 천연덕스러움에 연민을 느끼기도 했다.

사랑초의 꽃말은 '너를 끝까지 지켜줄게'라 한다. 순간적인 사랑보다 끝까지 지켜주는 사랑, 그게 진정한 사랑의 의미가 아닐까. 그래서인지 사랑초에게 눈길이 더 간다.

아내가 옷장을 정리하며 입지 않는 옷가지를 버렸다고 한다. 정리할 때는 곧 걸치게 될 것 같아 다시 들이고, 놓아두면 짐이 되는 게 헌 옷가지다.

그런 중에도 내가 신입사원 때 입던 누런색의 회사정복만은 챙겨두었다고 한다. 당장, 아니 앞으로도 입을 일이 없을 옷이다. 입지도 않을 옷을 보관하고 있는 것은, 이제까지 가정생활에 어려움 없이 지내오게 해준, 나와 회사에 대한 예라고 생각한 때문이라고 했다. 아내의 세심한 마음 씀씀이에 고마움을 느낀다.

회사의 정복은 젊은 시절부터 나를 지켜보고 있는 산 역사이다. 지금은 출퇴근 정복이 따로 없어 답답한 장롱 속에서 잠을 자고 있지만, 자전거로 출퇴근하던 시절, 그 추운겨울에도 세차게 불어대던 형산강의 모래바람을 이겨내게했던 그 옷이었다. 남이 보면 한갓 넝마에 불과하겠지만, 아내에겐 사랑초의 꽃말처럼 깊은 의미를 담고 싶을 정도로소중하게 느껴졌는지도 모르겠다.

어떤 아주머니는 자기의 남편을 전우라 한다고 했다. 어떻게 보면 섬뜩한 표현인지도 모르지만, 실상 맞는 말인지도 모르겠다. 여기저기, 치열한 경쟁 속에서 삶을 지탱하고있는 현실이 전쟁이 아니고 무엇이겠는가. 서로를 의지하고 격려하며 전우라고 생각할 정도로 서로를 끔찍이 여기는 그들, 분명 그들도 사랑초의 마음을 지니고 있을 것이다.

베란다의 창가에 놓인 사랑초에 시선이 닿는다. 자줏빛

융단으로 곱게 차려 입은 이파리들이 올망졸망하다. 그 모습은 마치, 오케스트라 단원들이 지휘자의 손이 움직이기를 기다리는 듯하다. 그 잎들이 연주를 시작하여 사랑이라는 멜로디가 흘렀으면 좋겠다. 그 아름다운 멜로디가 온 누리에 퍼지기를 소망하며, 사랑초를 바라보고 있다.

그러고 보니 사랑초의 분을 가져다준 이는 타고난 장사꾼이 아닌가. 연옥을 떠도는 영혼들이 산 자의 기도로써 천당엘 간다고 한다. 눈만 뜨면 시야에 먼저 들어오는 사랑초를 바라보며 그를 생각하게 됨은 뻔한 이치이다. 내 아무리 사악한 인간이라 할지라도 그때만은 감사와 기도를 드리는 마음일 터. 그에게 천당행은 따 논 당상이라 해야 할 것이다.

화분 하나를 가져다주고 천당엘 가게 생겼으니 그만한 이쳬가 또 있을까.

지곡芝谷 뒷산에 오르면

　　　　　지곡 뒷산을 자주 오른다. 어느덧 나이도 있어 건강을 챙기려 함도 있지만 곳곳의 풍경들이 삶을 느끼게 함에 더욱 그러하다. 가파르지도, 험하지도 않아 남녀노소 누구나 부담 없이 오를 수 있는 산이다. 더러는 굴곡지고, 가파른 고갯마루도 마을 안길과 같은 평지도 있다. 인생의 여정을 그려놓은 듯하여 산을 찾는 맛을 더 느끼게 한다.

　오늘도 뒷산에 오른다. 초입에 들어서니 마음은 주인을 앞서가는 강아지마냥 성급하게 중턱이다. 며칠 바깥나들이에 눈길을 놓았던 갖가지 터잡이들에게 눈인사도 하고, 살갗을 맞대니 더욱 반갑다. 뒷산은 언제든 나를 맞이하고, 내가 좋아하는 것들이 있어 좋다.

인동초가 우선 눈에 띈다. 북풍한설 모진 풍상에도 억척스럽게 모습을 지켜오는 그를 보면, 끈질긴 생명력을 느낀다. 뒷산의 봄은 벚꽃, 개살구, 개복숭아꽃이 군데군데 화사하다. 맑은 햇살을 받을 때면 젖을 먹고 만족해 미소를 가득 머금은 어린아이처럼 더욱 밝은 얼굴이다. 그중 개복숭아꽃은 불그스레한 것이, 예전의 시집가는 새악시의 볼에서나 느낄 수 있는 수줍음을 머금고 있다. 내 어릴 적 형수님 시집오실 때에도 저렇게 수줍어했었다. 그 곱던 분이 지금은 그 모습을 찾아볼 수가 없으니 세월과 맺은 인연은 피할 수 없는 것인가 보다.

여름이 성하면 개망초가 산의 끝자락에 자리한다. 소박한 꽃망울들은 달빛을 받으면, 안갯속처럼 희뿌연 게 오래전의 추억을 머금은 듯 아련하다. 아마도 가산 선생이 이를 보고 있다면, 소금을 뿌려 놓은 듯하다는 말을 다시금 했을지도 모르겠다.

뒤를 잇는 달맞이꽃은, 낮엔 풀이 죽어 입을 다물고 밤이 되면 노란 화관花冠을 한껏 펼치어 달을 맞이하기도 한다. 멀리 칠레라는 나라에서 온 귀화식물인 달맞이꽃, 떠오르는 달을 맞이하며 모국을 그리는 향수를 달래는지도 모를 일이다.

그들은 산도 아니고 밭도 아닌, 한지閑地에 터를 잡아 잡초를 뽑는 이들의 눈길을 피해 생명을 부지한다. 잡초라는 개념도 인간의 쓰임새에 따라 붙여진 이름인지라 자연의 섭리와는 별개지만, 그도 인간의 선택에는 자신이 없어 그 자리를 잡았는가 보다. 자신을 지키기에 현명함이 배어 있는 것 같아 존경스럽다. 세상의 모든 악들이 욕심 때문에 빚어지는 것이 아닌가. 그들도 번듯한 곳에 자리 잡고자 하는 마음인들 왜 없었을까.

뒷산을 오르면서 많은 것을 배운다. 초목들은 바람이 불면 몸을 움직여 그에게 순응하려 애쓰고, 지켜야 할 자리에 있다. 계절이 바뀌면 하늘의 섭리를 따르는 양 잎을 달기도 하고, 꽃을 피워 인간의 마음에 포근함을 주기도 한다. 때론 욕심의 과함을 깨우치고 낙엽으로 떨구기도 한다.

산마루에 올라 넓게 펼쳐진 들녘을 내려다보니 마음이 평온해진다. 마음을 가다듬으며 생각에 잠긴다. 그동안 안온한 유리온실 속에 안주하면서도 일확천금을 꿈꾸고, 더 좋은 직장과 사회적 대우, 자식들은 더 좋은 학교에 진학하기만을 갈구해 오지 않았던가. 마을 뒷산은 그런 나 자신을 비속한 욕망에서 벗어나도록 일깨워 주기도 한다.

지곡 뒷산은 대숲이 있고 소나무가 우거져 한겨울에도 푸름이 끊이질 않는다. 예로부터 송죽松竹은 고결한 절조節操를 높이 여겨 동양화에 즐겨 등장하는 주인공들이었다. 내 그를 선망함은 편의에 물들고, 절제치 못함의 반증일 터이다.

산등성이를 경계로 몇 년 전까지만 해도 포항시와 영일군이었다. 포항시 쪽에는 첨단시설인 방사광가속기放射光加速器가 있어 연신 새로운 물질을 탄생시키고, 영일군 쪽의 자명마을은 저녁 짓는 연기가 모락모락 온 동네에 퍼진다. 나의 몸은 1초를 몇천, 몇만 개로 나누는 현대의 가속기에 기대고, 마음은 조선 시대의 여유로움이 배어있는 자명마을에 있다. 이 절묘한 운치를 제공하는 뒷산을 두고두고 고맙다 아니할 수 없다.

이 산도 구석구석 파여 많은 생채기로 신음한다. 이제 더이상 자국을 남기지 않았으면 좋겠다. 어차피 우리는 한번 스쳐가는 집시 인생이다. 신의 선택을 받아 잠시 머무르는 곳일 뿐이다. 무얼 남기려고 그리도 애쓰는가.

"자연이 하는 일에 참견할수록 자연은 우리에게서 뒷걸음질 친다."는 누군가의 말이 잠언箴言으로 들린다.

나의 삶, 나의 인생(마이너 리그)

1

1953.7.12.(음 6.2) 생

언제나 주변인이고 마이너 리그의 선수였다(선수라는 말이 가당키나 한 것인지 모르겠지만).

어차피 나는 내 인생에서 주변인일 수는 없다. 나라는 개체에서 주는 나일 수밖에 없으므로. 그렇더라도 그건 나라는 주체의 대상일 뿐 실상은 언제나 변두리를 맴도는 주변인이었다.

누군가와 마찬가지로 꿈 많던 어린 시절부터 젊은 날들을 부여받고 거쳐 왔다. 시간은 점점 빠져나가 몸은 쇠잔해졌다. 그러는 동안 뚜렷한 목적을 가진 생활이 아니었다. 그냥 세월에 얹혀 지나다 보니 여기까지 온 거였다. 나에겐 무엇이 되고자, 무엇을 하고자 하는 뚜렷한 목표가 없었다. 단지 하루하루 지내면서 좀 더 나은 생활이고자 하는 생각은 있었을 거였다. 그 좀 더 나은 생활이라는 것도 지극히 추상적이고 관념적일 것이지만.

때론 공짜로 나눠주는 물 한 병 얻으려 줄을 서 기다리며, 오지도 않을 허황된 꿈을 꾸며 그런 생각을 해보기도 했다. 나는 왜 이렇게 누추한가. 누구는 독립운동에 산화되기도 하였고 누구는 살을 에는 고문에도 굴하지 않고 순교하는 사람이 있었지 않는가. 그런 걸 절절이 느낀 적도 있지만 그렇다고 해서 어떤 대상을 위해 나를 희생하는 행위를 한 적도 없다. 오히려 방관자이듯 오롯한 눈길 한번 제대로 주지도 않았다. 나는 주체가 아니라는 생각이었으므로.

2

자랑스러운 일을 해본 적도 없다. 찾고 찾아 한 가지가 있다면 이런 게 있을까. 군대 생활, 어느 대통령이라는 분은 "솔직히 말해 군대 가서 썩는 거 아니냐."라고 말한 적도 있고, 누구는 자랑스럽게 갔다 와 보니 빽있는 친구들은 하나도 안 갔더라, 며 자괴하는 글도 보았다. 나는 한 번도 삼년을 썼었다거나 빽이 없어 갔다거나 하는 생각을 해본 적이 없다. 가진 자나, 그 아들이 군대를 가지 않았다고 해서 볼 만을 토로한 적도 없다. 그들이 군대를 가지 않았다고 해서 내게 손해될 일도 없고 군대를 간다고 해서 득이 될 일도 없었으니. 그 생각은 지금도 마찬가지다. 그마저도 솔직히 말해 그때에 어떤 무엇으로 열정을 태우지도 않았고, 어떤 뚜렷한 목적도 없어 그 공백으로 인하여 손해 볼 일도 없었으니 그럴만했는지도 모른다.

군대 훈련병 시절 어머니가 좋은(편한) 곳으로 배치되도록 손을 좀 써보면 어떨까를, 누굴 통해 물어왔지만 한마디로 거절했다. 오히려 최전방을, 속된말로 빡빡 기는 곳을 소망했었다. 그도 결코 내세울 만한 게 못 된다. 웬만한 이들도 그런 상황이었다면 다 그랬을 것이다. 다만 어머니는, 내 어머니는 그런 아들이 대견하다 생각하셨는지는 모르겠다. 그나마 나의 인생에 자랑이라면 자랑거리겠다.

요즘은 그 힘들다는 해병대지원도 어렵다지? 그렇게 지원병이 많은 건 참으로 좋은 일이다. 늘 젊은이들이 문제라고 하지만 그것만 보더라도 기우일 뿐이라는 생각이 든다.

어떤 이는 날더러 현대판 애국자라고 한 적이 있다. 회사 정년을 마치고 베트남에서 외화벌이 한다고 덕담으로 하는 칭찬이겠다. 일견 일리가 있을 듯싶으나 티끌도 안 될 것인데 애국은 무슨. 한국말을 배우고 싶다는 젊은이들에게 일과 외 봉사를 하고 있으니 그거 하나는 인간노릇이 될까.

3

아주 오래전에 일이었다. 고향을 갔다 오는데 버스가 정류장에서 대기하는 중이었다, 한 젊은이가 올라오더니 한참을 떠들다 내려갔다. 기사양반이 하는 말 "별 미친놈 다 보겠네." 그에게는 허드레 짓을 하는 사람정도로 느껴졌는가 보았다. 내게는 달랐다. 그 젊은이의 용기가 부러웠다. 늘 말주변이 어눌했던 나는 대중 앞에 서서 휘젓는 손에 눈동자가 왔다 갔다 하고, 입에서 나오는 말 한마디에, 옳거니 하며 고개를 끄덕이는 걸 선망했으니까. 그 내용은 기억나지 않지만 말미의 한마디는 선명하게 기억하고 있다. 자신감이 없어 이를 떨쳐내려고 용기를 냈다는 것. 그는 틀림없이 중심인이 되었을 것이다. 젊은이의 그 용기가 그를 그렇게 만들었을 것이었다. 나는 그게, 그 용기가 참으로 부러웠다. 대중 앞에 나서본 적이 거의 없었으니. 지금도 나잇살이라도 있는 덕으로 가끔 앞에 설 자리가 생기곤 했지만 언제나 내 자리가 아니라는 생각이 먼저였다.

4

'98년 국제금융위기 속에서 민족의 자긍심이라는 일컫는 금모으기 캠페인이 있었다. 장롱 안에 넣어 두고 있는 금붙이들을 내어다 나라 빚을 갚자는 취지였다. 나도 참여했다. 결혼 때 기념으로 주고받은, 아이들 백일이나 돌 때 모아두었던 금붙이가 조금 있었으니. 하지만 그 참여했다는 말엔 어폐가 있었다. 독립운동가의 자금을 댄 것도 아니고, 나라의 곳간 채우는 데 보태는 것도 아니었다. 솔직히 말해 금모으기 운동에 참여한 것이 아니라 금을 팔았을 뿐이었다. 시세보다 더 쳐주지 않았다면 나도 발을 들여 놓았을까? 생각해보면 수치스러운 일이다. 나라가 휘청할 정도의 어려움 속에서도 주판알을 굴리고 있었으니 참여라는 말이 가당키나 한 일인가. 그 캠페인이 아니었다면 팔지도 않았을 거고 지금은 몇 배로 올랐지 않느냐고 입을 뗄 일도 못 되었다. 그런 형편없는 이중성은 내 꽁무니를 졸졸 따라다녔다.

5

나의 어린 시절은 꽤나 보수적이었던 모양이었다. 박정희라는 양반의 수식어에 일견 독재자로 지칭되기도 하지만, 그 시대에 어린 시절을 보냈으면서도 그보다도 더 혹독한 김일성 같은 이가 정권을 잡아야 한다고 생각했었으니

251

까. 아마도 어린 학생들이 담배를 피우며 술을 마시고, 시골에서 야외전축을 틀어놓고 엉덩이를 흔들어대는 젊은이들을 보고는, 세상 말종이라는 생각이 들었던 것 같다. 도회생활을 맛보지 못한, 행동반경이 작은 나였기에 였는지 모르겠다.

예의는 좀 차린 학생이었는가. 중학교 때 자전거로 등.하교를 했었다. 마을에서 어른들을 만나면 꼭 자전거에서 내려서 인사를 했다. 학교가 멀어 이른 아침 길을 나서면 농촌일로 부지런한 어른들이 많았다. 그래도 몇 번이라도 꼭 내려서 인사를 했다. 그런데 나이가 들수록 꾀가 생겼는지 어쩌다 고향을 가서는 아는 이를 모른 척 지나친 적도 있었고, 일부러 샛길로 가기도 했었다. 남들은 나이 들어 철이 든다고 했는데 나는 거꾸로 가고 있었으니, 그 사소한 일조차도 주도적인 생은 아니었다.

6

차라리 안빈낙도를 추구했다면 곤궁한 생활이라도 중심적인 삶이었을 것이다. 그러지도 못했다. 안빈낙도, 말이 그렇지 그게 어디 쉬운 일인가. 그도 수도생활 이상으로 절제해야 가능한 것이 아닌가. 그러니 내게 해당될 리가 만무했다. 무언가 욕심은 많아 이곳저곳 수탉 울 밑 후비듯 헤치고 다녔다. 다만 뚜렷한 종적을 남기기 못했을 뿐이었다.

지나고 보니 그러한 짓이 얼마나 위험한가 말이다. 회사에서 가장 위험한 인물이 똑똑하지도, 잘하지도 못하면서 나대는 것이라 하지 않던가. 가만히 있으면 중간이나 가지 무얼 한답시고 들쑤셔 놓으면 뒤치다꺼리에 얼마나 머리 아픈가. 솔직히 말하건대 회사 생활을 할 때 나댄다는 말은 많이 들었다. 사무실에 가만히 앉아 있으면 불안해했을 정도이니. 내 뒤를 이은 이들은 뒤치다꺼리하느라 머리 꽤나 아프지 않았을까.

일의 대가로 쥐는 급료가 적다고 생각해 본 적은 한 번도 없다. 그러니 한 직장에서 삼십여 년을 기대지 않았을까. 나를 보듬어준 회사 상사나 인사 담당자는 대단한 호인이거나 직무유기자일 것이다.

7

주변을 돌보는 일에도 마찬가지다. 어쩌다 지하철 보행통로나 버스승강장, 전통시장에서 다리를 질질 끌고 다니는 이들을 애처로운 마음을 가지고 있을지언정 내로라하고 올곧게 베푼 적도 없다. 그저 눈길을 주는 척 흉내만 내는, 언저리만 맴돌았을 뿐이다. 아마도 후회를 한다면 그 부분일 것이다.

생을 즐기지도 못했다. 흥도 없었다. 무슨 놀이라도 경쟁이 붙으면 흥이 있는 자가 이기게 마련이다. 하다못해 윷놀이를 하는 중에도 마찬가지 원리가 적용된다. 하지만 언제나 분위기를 깨는 사람이었다. 어쩌다 모라도 나오면 윷판을 빙빙 돌며 분위기를 돋우는 이도 있지만 나는 오히려 꽁무니를 뺐으니. 그러니 내가 속한 팀은 언제나 패자였다. 젊어서 나이트클럽엔가 몇 번 가보았지만 흥에 겨워 몸을 흔들어 본 적이 없다. 어색한 자리에서 눈자위만 굴리다 나온 것 같은 기억뿐이다. 그저 호기심에, 동료들의 이끌림에, 그것도 간 것이 아니라 가본 것이었다.

음식점에 아이들을 데리고 가 "야 오늘 한번 먹어보자" 하고 근사하게 호기를 부릴 정도로 시켜본 기억도 없다. 값으로 치면 그렇게 많이 차이가 나는 것도 아닌데도 말이다. 이제 나이가 들어 어쩌다 아이들이 아비 대접한다고 그럴 듯한 곳을 찾아가면 왜 그렇게 불편하게 느껴졌는지.

8

내 친구는 말해준다. 자네는 장사치는 못 된다고. 국어 선생이나 하면 딱 맞을 거였다고. 융통성이라고는 눈곱만큼도 없다고 생각하는 나를, 위로한다고 포장을 해서 한 말인 줄은 안다. 그 안다는 표현 속엔 다행히도 그 만큼의 구별은

할 줄 아는 사람이라는 것인가? 그건 그렇다 치고 이런저런 걸 다 감안한다하더라도, 그의 표현은 선생님에 대한 모독이었다.

몇 곡의 팝송에 심취해보기도, 수석이나 분재도 거들떠는 보았지만 그야말로 눈요기로 족하는 변죽이었다.

술 한 잔을 걸쳐들고 대문을 열면서 무슨 개선장군이나 된 듯 호방한 돈키호테가 되어 본 적도 없다. 언제나 늘어진 어깨였다. 내로라하는 일들이 되지 못한 자책 때문일까. 비록 든 거 가진 건 없어도 허세라는 것도 있을 법한 거 아닌가. 하느님께서는 그조차도 몸치의 끝자락에라도 매달아 놓을 공간이 없으셨던 모양이었다.

나이 오십 중반이 되어 글줄이나 꿰고 싶어 글 문에 두드려 보았지만, 십년이 넘은 아직도 열지 못하고 문고리만 잡고 있는 중이다. 늙어도 좀 품위 있게 늙고 싶어 발을 디뎠노라고 하는 이의 말을 들은 적이 있다. 그 품위라는 것도 내 것은 아니었다.

9

나는 그렇게 살아왔다. 왜 그랬을까. 왜 한번 오롯한 길을 걸어보지 못했을까. 하지만 주변인의 삶이라도 후회하진 않겠다. 다만 어쩌다 내 식솔로 태어나 품성이나 소양, 가진 것까지도 넉넉지 못한 내 얼굴만 바라보고 자라온 아이들에게 미안할 뿐이다.

단풍이 아름다운 것은 그동안의 푸른색 때문이었기도 하지만 그 둘레에 있는 여전히 푸른 소나무 덕이겠다. 그렇다면 거꾸로 말해 그 단풍 때문에 소나무가 돋보이는 것이 되지 않는가.

그렇게라도 일조하는 게 있었다면 마이너 리그의 삶도 영 가치가 없는 건 아닐 거라는 생각으로 위안을 삼으려 한다.

나무는 죽으면서도 따뜻한 피의 향기를 남긴다고 했던가. 그러면 나는 무엇이 남을 것인가?

2021. 생일이 든 7월에.